So rot das Blut

Impressum:

Bibliografische Information der Deutschen Nationalbibliothek. Die Deutsche Nationalbibliothek verzeichnet diese Publikation in der Deutschen Nationalbibliografie; detaillierte bibliografische Daten sind im Internet über http://dnb.d-nb.de abrufbar.

Veröffentlicht bei Infinity Gaze Studios AB

2. Auflage

Januar 2024

Alle Rechte vorbehalten

Copyright © 2024 Infinity Gaze Studios

Texte: © Copyright by Ally K. Rød

Cover & Buchsatz: Valmontbooks

Das Werk ist urheberrechtlich geschützt. Jede Verwertung außerhalb des Urheberrechtsgesetzes ist ohne Zustimmung von Infinity Gaze Studios AB unzulässig und wird strafrechtlich verfolgt.

Infinity Gaze Studios AB

Södra Vägen 37

829 60 Gnarp

Schweden

www.infinitygaze.com

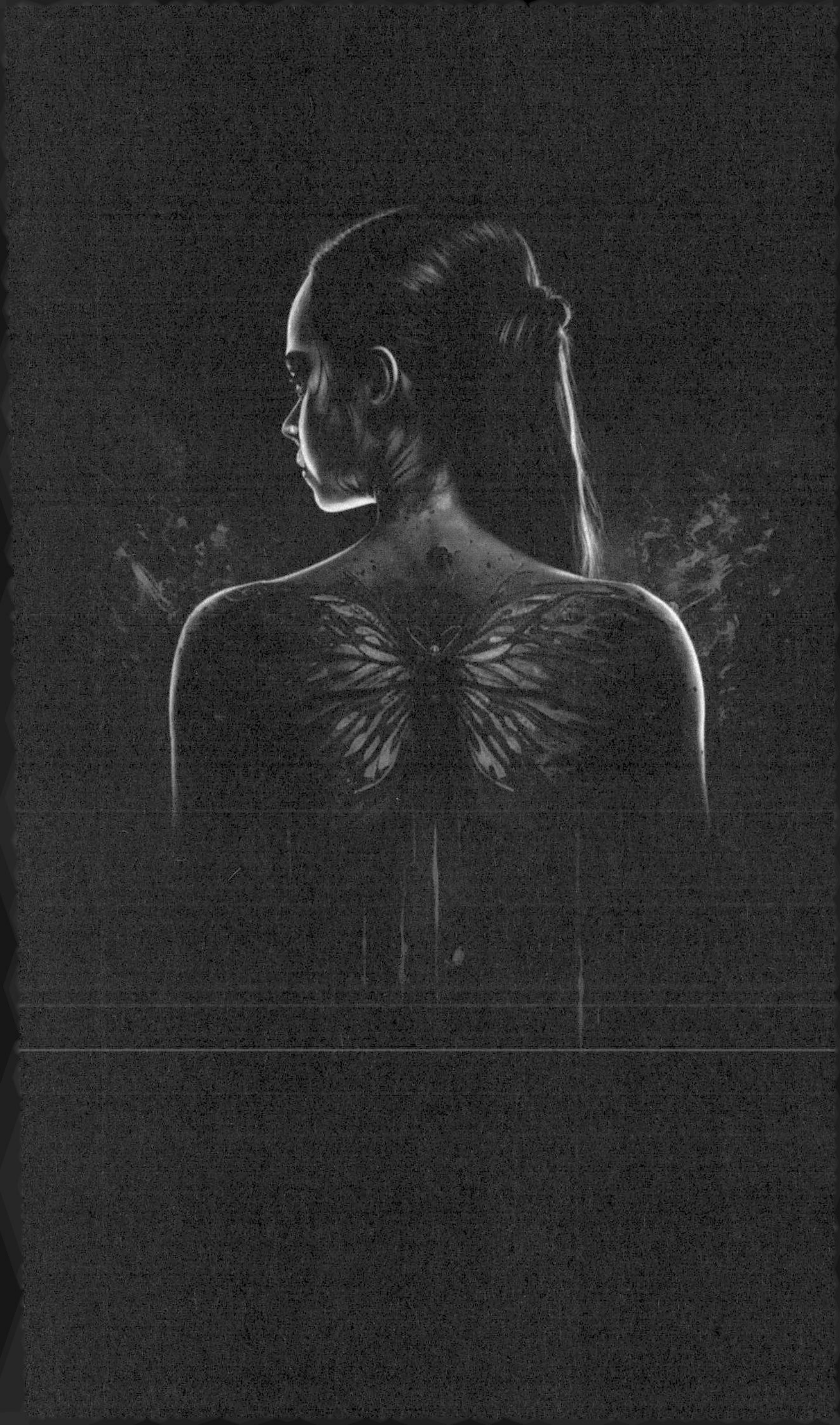

Kapitel 1

EINE TOD BRINGENDE BEGEGNUNG

„Haben Sie eine Lebensversicherung abgeschlossen? Nein? Ich auch nicht. Die Leute sollen nämlich wirklich traurig sein, wenn ich einmal sterbe."

Verhaltenes Gelächter zieht zusammen mit den dicken Rauchschwaden der Zigaretten durch den Raum. Ich erhebe mich schwungvoll von meinem Barhocker und lasse gequält lächelnd meinen Blick über die spärliche Anzahl Zuschauer schweifen. Das grelle Licht der Scheinwerfer brennt unangenehm in meinen Augen. Die Gäste der kleinen, heruntergekommenen Bar sind im schummrigen Licht nicht mehr als Silhouetten. Im Halbdunkel gehüllt, kann ich ihre Gesichter kaum erkennen.

„Ich wünsche Ihnen allen noch eine wundervolle Nacht und kommen Sie gut nach Hause", verabschiede ich mich mit einer eleganten Geste von meinem Publikum. Begleitet von zurückhaltendem Klatschen verlasse ich die Bühne und ziehe mich in die Garderobe zurück. Obwohl der winzige, schlecht beleuchtete Raum mit dem dreckigen Spiegel diese Bezeichnung kaum verdient hat, verschließe ich die Tür hinter mir. Der Gestank aus Tabak, Schweiß und Erbrochenem ist trotzdem noch immer unerträglich. Angewidert rümpfe ich die Nase, während ich mich auf einem abgenutzten Stuhl niederlasse und mit müden Augen in den Spiegel starre. Ich greife nach der Packung mit den Abschminktüchern und entferne vorsichtig die dicke Schicht aus Make-up, unter der tiefdunkle Augenringe zum Vorschein kommen.

„Gott, du siehst wirklich miserabel aus, Christian", flüstere ich meinem Spiegelbild zu, während meine Fingerspitzen über meine aschfahle Haut gleiten. Es ist schon paradox, dass ich bei meinen Auftritten stets über das Sterben scherze, obwohl es doch eine der wenigen Dinge ist, zu denen ich nicht fähig bin. Mit geübten Handgriffen entferne ich die blauen Kontaktlinsen, unter denen eine blutrote Iris zum Vorschein kommt. Der Nahrungsmangel der letzten Monate hat deutliche Spuren an meinem Körper hinterlassen.

Im Jahr 1985 ist es für uns Vampire keine einfache Aufgabe mehr, an eine ausgewogene Mahlzeit zu gelangen. Drogen und andere künstliche Substanzen verunreinigen das Blut der Menschen, und die Justizbehörden haben aufgerüstet. Eine Person kann nicht mehr so schnell und unauffällig verschwinden gelassen werden, wie früher. Leichen und Vermisstenfälle werfen Fragen auf, und die Welt ist keinesfalls bereit dafür, daran erinnert zu werden, dass es zwischen Himmel und Erde mehr gibt, als es auf den ersten Blick den Anschein hat. Schwerfällig erhebe ich mich und greife nach der schwarzen Lederjacke, die über der Lehne meines Stuhles hängt. Mit einem letzten Blick in den Spiegel streiche ich meine dunklen Haare nach hinten und verlasse den elenden Laden, in dem ich mir meine Brötchen mit Stand-up-Comedy verdiene. Als ich in die eiskalte Nacht hinaustrete, atme ich tief ein.

Den Mief der Bar habe ich zwar hinter mir gelassen, aber die Luft hier draußen ist auch nicht besser. Sie ist durchtränkt von den Abgasen der Autos und dem Gestank der Müllberge, die sich auf den Straßen ansammeln. Die Unterstadt ist beileibe kein schöner Ort. Es ist eine düstere Stadt, in der sich nicht nur eine Menge Ratten tummeln, und dabei rede ich nicht von den pelzigen Tierchen.

Das künstliche Licht der Halogenlampen, die die großen Werbetafeln beleuchten, macht die Nacht zum Tag.

Den Kopf in den Nacken gelegt, blicke ich hinauf in den Himmel. Dank des Smogs, der wie eine milchige Glocke über den Dächern der Häuser hängt, sind weder Mond noch Sterne zu erkennen. Unangenehm dröhnen die Geräusche der Straße in meinen empfindlichen Ohren. Vorbeirauschende Autos, das Hupen der genervten Taxifahrer und ein Gewirr aus Stimmen und Gelächter, das von den Menschen stammt, die in den Schatten der Nacht lustwandeln. Plötzlich steigt mir ein vertrauter Duft in die Nase. Metallisch und süßlich. Zunächst ist er nur schwach wahrnehmbar, doch seine Intensität nimmt rasant zu. Es gibt nur eine Substanz auf dieser Welt, die so herrlich appetitlich riecht, dass mir das Wasser im Mund zusammenläuft. Es ist Blut, eine verdammt große Menge Blut. Wie ein Hund schnuppere ich in der Luft, bis ich lokalisieren kann, von wo der Wind diesen Geruch zu mir trägt. Wie ferngesteuert setze ich mich in Bewegung und folge der Spur. Für das menschliche Auge bin ich nicht mehr als ein Schatten, der durch die Dunkelheit huscht. Mein Weg führt mich tief hinein in das verzweigte Netzwerk aus Gassen und Hinterhöfen, das sich durch das verrottende Herz dieser Stadt zieht. Vor einem ehemaligen Geschäft, dessen

Fenster mit verwitterten Holzbrettern verrammelt sind, bleibe ich stehen. Der schwere Geruch ist hier so dicht, dass man hindurchschneiden könnte.

Diesen Blutverlust kann kein Mensch überlebt haben. Langsam biege ich in die Seitenstraße ein, die hinter dem Laden entlangläuft.

„Was zum …“

Vor Erstaunen bleiben mir die restlichen Worte im Halse stecken. Direkt vor mir liegt ein Mann. Sein Blut hat sich in einer großen Lache über den verdreckten Boden ergossen. Was für eine Verschwendung. Aber es ist nicht der Anblick des Toten, über dessen Hals eine klaffende Wunde verläuft, der mich so aus dem Konzept bringt. Es ist vielmehr die junge Frau, die mit einer blutverschmierten Klinge in der Hand danebensteht und mich direkt ansieht. In ihren Augen liegt ein beängstigendes Funkeln, reine Mordlust.

„Lass dich nicht stören. Mach einfach weiter mit dem … was auch immer du da tust. Ich gehe und tue so, als hätte ich nichts gesehen“, sage ich in ruhigem Ton und hebe dabei in einer beschwichtigenden Geste meine Hände nach oben. Doch als ich einen Schritt nach hinten mache, stürzt sie direkt auf mich zu. Es fällt mir nicht schwer, ihren Messerangriffen auszuweichen, aber ich muss zugeben, dass sie für ein menschliches Wesen überraschend flink und leichtfüßig ist.

„Ich würde es wirklich bevorzugen, wenn du aufhören würdest, mich zu attackieren. Wir können uns doch wie zwei Erwachsene unterhalten", versuche ich, meine Angreiferin zu überzeugen, doch sie will mir einfach nicht zuhören. Stattdessen sticht sie erneut mit ihrer Waffe in meine Richtung. Bei einem Ausweichmanöver verhakt sich die Klinge in meiner Lederjacke und hinterlässt einen hässlichen Schnitt. So eine verdammte Scheiße. Das Ding war sauteuer gewesen. „Ich habe gesagt, du sollst das lassen", knurre ich zornig und packe die Frau an der Kehle. Gewaltsam drücke ich sie gegen die nächste Wand. Sie keucht erschrocken auf, als ihr Rücken gegen das Mauerwerk prallt. Mit einem lauten Klirren landet das Messer aus ihrer Hand auf dem Boden. Bei dem Versuch, meinen unbarmherzigen Griff zu lösen, krallt sie ihre Finger in meinen Arm.

Selbst durch den dicken Stoff meiner Jacke hindurch kann ich ihre spitz manikürten Nägel spüren. Als ich sie hochhebe, strampelt sie wild mit den Beinen. Ihre Fußspitzen berühren dabei kaum noch den Boden. „Hat man dir nicht beigebracht, Fremden mit Respekt zu begegnen?", brumme ich und fletsche die Zähne. „Ein Vampir", röchelt sie. Verdutzt hebe ich eine Augenbraue. „Das scheint dich nicht zu überraschen", entgegne ich, nachdem ich meinen Griff gelockert habe und sie wieder festen

Boden unter den Füßen hat. Sie greift sich an den Hals und schnappt nach Luft. Ich warte einen Moment, bis sie wieder zu Atem kommt.

„Wer in der Unterwelt dieser Stadt aufgewachsen ist, der kennt die Geschichten", lautet ihre knappe Antwort. Ich lege die Stirn in Falten. „Nicht jeder nimmt solche Gruselgeschichten gleich für bare Münze", erwidere ich und verschränke dabei die Arme. Unsere Blicke treffen sich. Sie kaut auf ihrer Unterlippe herum, als wäre sie sich unschlüssig darüber, wie viel sie mir erzählen soll.

„Meine Mutter ist … sie war eine Bluthure. Ich habe Wesen deiner Art bei uns zu Hause oft ein und aus gehen sehen. Daher weiß ich, dass ihr mehr seid als die Fantasie eines verrückten irischen Schriftstellers", erklärt sie mir schnippisch. Bluthuren oder Blutspender, wie ich sie lieber nenne, sind das Fast Food für uns Vampire. Wie die Frauen in den Bordellen verkaufen auch sie ihre Körper, nur eben nicht für Sex. Ein gefährlicher Job, bei dem schon viele ihr Leben lassen mussten.

Nun mag man sich wundern: Wenn doch die Welt nichts von der Existenz der Vampire weiß, warum gibt es dann solche, nennen wir sie mal Berufe? Schon seit frühester Zeit ist unser Dasein in den Geschichten der Menschen fest verankert. Über die Jahrhunderte sind wir in Vergessenheit geraten. Unsere Existenz ist heute nicht mehr als

Aberglaube. Für viele leben wir nur noch in Schauermärchen oder Horrorfilmen. Und dennoch gibt es Menschen, die von uns wissen und die bereit sind, für einen gewissen Obolus als Nahrungsquelle zu dienen. In der Not wird man erfinderisch, und das gilt für beide Seiten. Mir ist diese Art der Essensbeschaffung zuwider. Wer will schon von einem Sandwich abbeißen, an dem zehn andere vor einem genagt haben. „Wirst du mich jetzt töten?"

Irritiert blicke ich zu der Frau, die mich soeben aus meinen Gedanken gerissen hat.

„Hältst du mich für ein Monster? Du bist doch diejenige, die Menschen auf offener Straße ermordet", halte ich ihr etwas beleidigt vor und nicke in Richtung des toten Mannes.

„Das kann ich erklären." „Da bin ich mir sicher. Aber ehrlich gesagt, interessiert mich deine Geschichte nicht. Ich verschwinde von hier, und du solltest es mir gleichtun. Allerdings würde ich an deiner Stelle noch etwas aufräumen. Oder willst du, dass man ihn entdeckt?", unterbreche ich sie. Als ich mich zum Gehen abwende, greift sie plötzlich nach meinem Arm und hält mich zurück. „Was soll das? Lass mich sofort los", ermahne ich sie in harschem Tonfall. Doch dann bemerke ich ihren Blick. Auf einmal wirkt sie wie ein kleines Kind, das etwas kaputt gemacht hat und nicht weiß, wie es das vor den Eltern verheimlichen soll.

„Du hast absolut keine Ahnung, was du jetzt machen sollst, oder?", stelle ich fest, woraufhin ihre Unterlippe leicht zu zittern beginnt.

Die verarscht mich doch. „Ehrlich gesagt, soweit habe ich noch gar nicht über die ganze Sache nachgedacht", wispert sie und beginnt nervös am Nagel ihres rechten Daumens zu knabbern. In ihren Augenwinkeln glitzern die ersten Tränen. „Oh Gott, ich habe keinen blassen Schimmer, was ich als Nächstes tun soll. Ist es heiß geworden? Mir ist wahnsinnig heiß. Ich glaube, ich bekomme keine Luft mehr", schluchzt sie. Ihr Atem beschleunigt sich, und ich kann den rasenden Herzschlag in ihrer Brust hören. Wenn sie sich nicht gleich beruhigt, explodiert ihr Brustkorb beinahe. „Mal langsam mit den jungen Pferden", versuche ich, sie zu beruhigen, und lege dabei behutsam eine Hand auf ihre Schulter. „Hast du ein Auto?" Betreten schüttelt sie den Kopf auf meine Frage hin. Das ist ja alles ganz fantastisch. Wo bin ich da eigentlich hereingeraten? Ich sollte schnellstmöglich die Beine in die Hand nehmen und von hier verschwinden, aber irgendetwas hält mich zurück. Es ist ein seltsames, unerklärliches Gefühl, das mich davon abhält, die Fremde samt ihres blutigen Problems hier zurückzulassen. „Ich fasse es nicht, dass ich das tue. Du bleibst hier. Ich bin in fünf Minuten zurück und wehe, du bewegst dich auch nur einen Zentimeter", brumme ich. Ohne eine Antwort abzuwarten, verschwinde ich in der Dunkelheit.

Meine Bewegungen sind zu schnell, als dass ihre Augen sie erfassen könnten. Ich rase zur nächsten Telefonzelle. Genervt krame ich in meiner Jackentasche nach Kleingeld, das mit einem leisen Klappern im dafür vorgesehenen Schlitz verschwindet. Hastig wähle ich eine Nummer und warte ungeduldig auf das Freizeichen. In der muffigen, verdreckten Kabine riecht es nach Urin. Nervös trommeln meine Finger auf der Telefonbox herum. „Bestattungsinstitut Weiden, was kann ich für Sie tun?", erklingt nach mehrmaligem Klingeln die sanfte Stimme eines Mannes. „Jacob, ich bin es, Christian. Du musst mir einen Gefallen tun. Ich hätte da ein … Paket, das du abholen musst. Bevor du was sagst, diesmal ist es nicht meine Schuld." Für einen Moment herrscht eisiges Schweigen auf der anderen Seite, bevor ein gereiztes Schnauben erklingt.

„Adresse?"

Nachdem ich meinem Gesprächspartner erklärt habe, wohin er fahren soll, hänge ich den Hörer auf die Gabel und eile zurück zu meiner neuen Bekanntschaft. Zu meiner Erleichterung hat sie sich tatsächlich nicht vom Fleck gerührt. Sie kniet gerade neben der Leiche und nestelt an deren Brusttasche herum.

„Was machst du denn da?", frage ich irritiert,

während ich sie dabei beobachte, wie sie den Geldbeutel des Toten hervorzieht und seinen Ausweis einsteckt.

„Mein Auftraggeber hat nach einem Beweis für die erledigte Arbeit verlangt", erwidert sie. Mit einer geschmeidigen Bewegung erhebt sie sich und klopft den Staub der Straße von ihren Knien. Die Verzweiflung von vorhin scheint wie weggeblasen zu sein, als hätte sie einen Schalter umgelegt und damit alle Gefühle verbannt. „Was für ein Auftraggeber?" Noch bevor sie den Mund öffnen und antworten kann, winke ich ab. „Vergiss es. Das kannst du mir auch nachher erklären."

Sie legt den Kopf leicht schief und betrachtet mich fragend.

„Wo bist du gewesen?"

„Ich habe einen Freund angerufen."

Kapitel 2

ASCHE ZU ASCHE

Es dauert eine gefühlte Ewigkeit, bis endlich die Scheinwerfer eines Autos die Ankunft meines Helfers verkünden. Seit ich der Frau erklärt habe, dass jemand auf dem Weg ist, der uns behilflich sein wird, haben wir kein Wort mehr miteinander gewechselt. Wir stehen nur schweigend da und warten. „Ist das dein Freund?", fragt sie.

Ich nicke wortlos und gehe auf den Mann zu, der soeben aus dem Wagen gestiegen ist.

„Jacob, danke, dass du gekommen bist", begrüße ich meinen Freund, der nur genervt abwinkt. „Ja, ist klar. Lass uns die Sache hinter uns bringen. Wer ist sie denn?"

Jacob blickt verdutzt zu der jungen Frau, die ihm zaghaft zuwinkt. Sie kann ja doch höflich sein, wenn sie will. „Das ist … wie heißt du eigentlich?", frage ich sie. Dass mich mein Freund mit offenem Mund anstarrt und mir einen bösen Blick zuwirft, ignoriere ich geflissentlich, als ich mich zum ersten Mal nach ihrem Namen erkundige. Bei all der Aufregung kam mir diese Frage noch gar nicht in den Sinn. „Ich bin Nina. Nina Petrow", stellt sie sich uns vor. Ich habe keine Ahnung, ob das ihr richtiger Name ist, aber fürs Erste genügt mir diese Antwort.

„Nina, das ist Jacob Weiden. Er führt ein Bestattungsunternehmen außerhalb der Stadt und wird uns jetzt helfen, deinen kleinen Unfall dahinten zu vertuschen", erkläre ich ihr, woraufhin sie eifrig nickt. „Was für eine Sauerei. Das ganze schöne Blut, eine echte Verschwendung", bedauert Jacob leise, als er den Leichnam betrachtet. „Sind Sie auch ein Vampir?", erkundigt sich Nina leise bei ihm, woraufhin seine Kinnlade erneut nach unten fällt. „Was zum Teufel hast du ihr alles erzählt, Christian? Geh doch gleich in die nächste Talkshow und offenbare dort all unsere Geheimnisse", zischt mir mein Freund wütend zu. „Entspann dich mal. Ich habe ihr gar nichts erzählt. Dass ich ein Vampir bin, hat sie ganz allein festgestellt. Und jetzt hör auf hier so herumzuzicken und pack mit an", weise ich ihn pampig zurecht und greife nach den Fußgelenken des Toten.

Nachdem wir den Leichnam in Jacobs mit Folie ausgekleideten Kofferraum verfrachtet haben, steigen wir alle drei in sein Auto. Während die Lichter der Stadt wie Sternschnuppen an uns vorbeiziehen, herrscht eine unangenehme Stille im Wageninneren. Mit verbissenem Gesichtsausdruck starrt Jacob auf die Straße, während die Skyline von Unterstadt in unserem Rücken immer kleiner wird. „Ich dachte immer, Bestatter würden ihre Toten in speziellen Leichenwagen transportieren", bricht Nina das Schweigen.

„Es wäre wohl arg auffällig, mit einem Leichenwagen durch die Stadt zu heizen. Da wir ein Mordopfer verschwinden lassen wollen, habe ich mich für die dezente Variante entschieden", erklärt Jacob und tätschelt dabei fast schon liebevoll das Lenkrad. Über meine Schulter werfe ich einen Blick zu Nina, die in Gedanken versunken aus dem Fenster starrt. Der Schein der vorbeirauschenden Straßenlaternen lässt seltsame Schatten auf ihrem hübschen Gesicht tanzen. Unser Weg führt durch ein kleines Waldstück hindurch, dessen karge Bäume ihre knorrigen Äste traurig gen Himmel strecken. Der Smog der Stadt ist verschwunden und vereinzelt glitzern Sterne am samtschwarzen Nachthimmel. Jacob lenkt das Auto auf einen schmalen Weg, der von der Hauptstraße abzweigt und direkt zu den schmiedeeisernen Toren eines beachtlichen Anwesens führt.

Leise knirscht der Kies unter den Autoreifen, als wir langsam auf die Einfahrt rollen.

„Ihr zwei könnt schon hereingehen. Unser Kumpel und ich nehmen den Hintereingang. Wir treffen uns dann unten im Keller", weist Jacob uns an. Seiner Aufforderung folgend, steigen Nina und ich aus und stapfen die steinernen Stufen empor, die zu einer metallbeschlagenen Eingangstür aus massivem Eichenholz führen. Die Angeln quietschen gespenstisch, als ich die Tür öffne und mit Nina im Schlepptau die große Eingangshalle betrete. „Wow, das ist beeindruckend", pfeift sie anerkennend, während ihr Blick über die geschmackvolle Inneneinrichtung wandert. „Das Gebäude wurde im 17. Jahrhundert errichtet und zunächst als Gutshof geführt. Jetzt ist es ein Bestattungsunternehmen. Vorrangig lassen sich hier die Reichen und Schönen auf ihrem letzten Weg begleiten", erkläre ich, während ich Nina den Gang entlangführe. Interessiert betrachtet sie dabei die mannshohen Ölgemälde, die die Wände zieren. Auf ihnen sind prachtvolle Rosse, Gärten sowie das Gebäude selbst in verschiedenen Zeitepochen abgebildet. Eines der Bilder scheint ihr besonders zu gefallen. Sie bleibt stehen, um es genauer in Augenschein zu nehmen. Es zeigt einen Mann, gekleidet in einem stattlichen Anzug. Stolz steht dieser neben seiner bildhübschen Gattin, die selig lächelnd auf einem Stuhl sitzt.

„Das ist der Adelsmann, der das Gebäude errichten ließ. Die Dame neben ihm ist seine Ehefrau Katharina", kläre ich Nina auf. Ihr verdutzter Blick huscht zwischen mir und dem Gemälde hin und her. „Graf Andacht und seine Frau im Jahr 1680", liest sie von dem silbernen Schildchen ab, das unter dem Kunstwerk angebracht ist. „Schön, du kannst lesen", brumme ich und marschiere weiter den mit rotem Teppich ausgelegten Gang entlang. „Warte doch. Der Mann auf dem Bild, er sieht aus wie Jacob." Ich bleibe stehen und drehe mich zu ihr um. „Weil das Jacob ist. Der Graf hat sein Anwesen nie verlassen. Nun guck nicht so überrascht, du hast doch bereits selbst festgestellt, dass er ein Vampir ist. Ich erkläre dir später alles genauer, wenn wir mehr Zeit haben. Jetzt komm endlich. Jacob ist bestimmt bereits unten, und er kann es auf den Tod nicht ausstehen, wenn man ihn warten lässt", sage ich und wende mich wieder zum Gehen ab. „Was ist mit seiner Frau? Lebt sie auch noch hier?", hakt Nina neugierig nach, während sie versucht, mit mir Schritt zu halten. „Katharina weilt nicht mehr unter uns. Und wenn ich du wäre, würde ich ihren Namen vor Jacob nicht in den Mund nehmen. Das ist ein etwas heikles Thema", antworte ich, wobei ich spüre, dass Ninas Neugierde noch lange nicht gestillt ist. Am Ende des Ganges führt hinter einer weiteren Tür eine Treppe in den Keller hinab.

Hier befindet sich die Leichenhalle: ein großer, von oben bis unten weiß gekachelter Raum, in dessen Mitte mehrere Edelstahlbahren stehen. Auf einer von ihnen liegt unsere Leiche. In der Luft mischen sich die Gerüche von Desinfektionsmittel und Tod. Es herrscht eine unangenehme Kälte. Jacob hat sich bereits eine durchsichtige Schürze über die Kleidung gelegt und betrachtet uns unzufrieden. „Wo wart ihr denn? Habt ihr euch auf dem Weg hier runter verlaufen, oder was?", blafft er uns an. Im künstlichen Schein der grellen Halogenlampen schimmert seine bleiche Haut in einem unnatürlichen Grau, ähnlich der des Toten vor ihm. Er trägt keine Kontaktlinsen, die das leuchtende Rot seiner Augen verstecken würden. „Verzeihen Sie bitte", entschuldigt sich Nina und macht dabei eine Art Hofknicks. Entgeistert starre ich sie an.

„Was tut sie da?", fragt Jacob irritiert in meine Richtung.

„Vermutlich liegt es daran, dass sie dein protziges Gemälde gesehen hat. Hör auf damit, Nina, das ist peinlich." Auf mein Wort hin richtet sie sich schnell wieder auf. Ein leichter Rotschimmer liegt auf ihren Wangen. „Es gibt keinen Grund für dieses förmliche Verhalten. Wie vieles andere auch, gehört mein Adelstitel schon längst der Vergangenheit an. Er ist nicht mehr als eine verblasste Erinnerung – bedeutungslose Worte", sagt Jacob in ruhigem Ton.

Mit geübten Bewegungen beginnt er, den Leichnam zu entkleiden.

„Ist das übliche Verfahren?" Auf meine Frage hin nickt er nur schweigend und führt unbeirrt seine Arbeit fort. „Was ist das übliche Verfahren?", möchte Nina wissen. Sie steht dicht neben mir und verfolgt aufmerksam jeden Handgriff von Jacob. Ihr Körper verströmt einen angenehm süßlichen Vanilleduft, zum Anbeißen schön. Ich kann das Blut hören, wie es durch ihre Adern rauscht. Mein Mund wird trocken, und ich muss mich räuspern.

„Der Typ hier bekommt einen Freischein für die nächste Fahrt in das Krematorium. Dort wird er zu einem Häufchen Asche verbrannt, und ihr seid eure Probleme los. Den Papierkram kümmere ich mich." erläutert Jacob emotionslos.

„Eigentlich fast zu schade", gebe ich zu und stelle mich direkt an die Bahre. Der Mann muss zu Lebzeiten sehr sportlich gewesen sein. An seinem Körper befindet sich kein Gramm Fett zu viel, und die Muskeln heben sich deutlich unter der aschfahlen Haut ab. Mit meinem Finger fahre ich über die Schnittwunde an seinem Hals, bis die Kuppe vollständig in Rot getaucht ist. Vorsichtig lecke ich mit der Zunge darüber. „Schmeckt fantastisch. Ich weiß nicht, wann ich das letzte Mal Blut von solch guter Qualität zu mir nehmen durfte. Frei von jeglichen Zusätzen", stelle ich begeistert fest.

„Kannst du mir etwas abzapfen, Jakob? Ich habe schon so lange nichts Richtiges mehr zwischen die Zähne bekommen." Augenrollend kommt der Bestatter meiner Bitte nach. „Sonst noch irgendwelche Wünsche? Soll ich dir vielleicht etwas für später einpacken?", spottet er, als er mir einen Pappbecher reicht, in dem die dunkelrote Flüssigkeit unruhig hin und her schwappt. Seine Worte sind eindeutig nur als Scherz gemeint, aber in mir keimt plötzlich eine Idee.

„Der Vorschlag ist gar nicht so dumm", raune ich und nippe an meinem Getränk. Mit jedem Tropfen, der meine Lippen benetzt, spüre ich das Leben in meine alten Knochen zurückkehren. Es ist wie eine Explosion an Glücksgefühlen, die mich übermannen und in jede einzelne Faser meines Körpers dringen. „Das war nur Spaß, Christian. Was für einen Schwachsinn denkst du dir da bitte wieder in deinem kranken Hirn aus?"

Jacob hat sich ebenfalls etwas von dem Lebenssaft eingeschenkt. Während er einen Schluck nimmt, sieht er mich skeptisch über den Rand seines Bechers hinweg an. „Du weißt doch selbst, wie mager das Nahrungsangebot geworden ist. Ich frage mich, ob es nicht eine Idee wäre, gutes Blut wie dieses hier abzufüllen, um es unter der Hand an unseresgleichen zu verkaufen. Du kennst doch sicher ein Verfahren, das das möglich machen würde, oder?", erläutere ich ihm meine Idee, woraufhin er sich heftig an seinem Getränk verschluckt und laut husten muss.

„Verarschst du mich gerade? Wie soll das funktionieren? Mehr als vier oder fünf Liter bekomme ich aus dem Kerl nicht mehr heraus, und dann? „Willst du eine Blutspendeaktion für die nächsten Mengen starten oder wie stellst du dir das vor?", sprudelt es aus Jacob heraus. „Mach dir darüber mal keine Gedanken. Ich habe schon eine Idee, wie wir an entsprechende Spender kommen", flüstere ich und sehe dabei zu Nina, die uns die ganze Zeit über schweigend beobachtet hat. Sie ist blass geworden und erweckt den Anschein, als würde sie sich am liebsten an Ort und Stelle übergeben. Als sich unsere Blicke treffen, kann ich Unsicherheit aus ihrem Gesicht ablesen, dennoch lächelt sie mir verhalten zu.

Kapitel 3

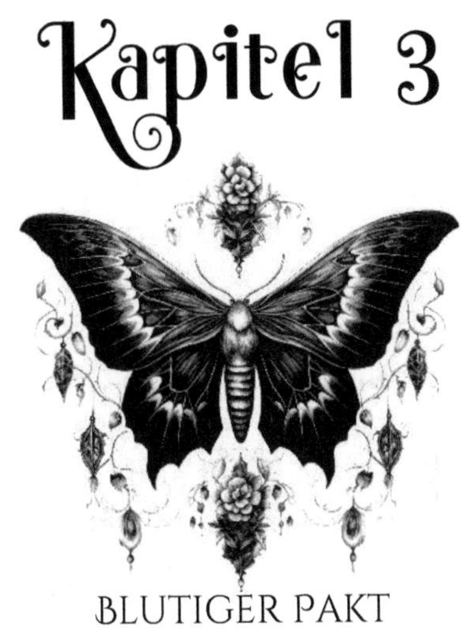

BLUTIGER PAKT

Schweigend starrt Nina hinunter auf die dampfende Tasse Kaffee in ihren Händen. Wir sind die einzigen Gäste in dem kleinen Café. Die Morgendämmerung hat bereits eingesetzt. Blutrot kämpft sich die Sonne durch die Finsternis. Es ist, als wüsste der Himmelskörper, dass in der letzten Nacht Blut auf dem Asphalt der Straßen vergossen wurde. Immer stärker werdendes Tageslicht präsentiert sich die Unterstadt in ihrer ganzen Hässlichkeit – grau und dreckig. Die Gassen sind zu dieser Uhrzeit fast leergefegt. Nur vereinzelt torkeln müde Gestalten vorbei. Ich werfe einen Blick aus dem Fenster. Auf der Bank der gegenüberliegenden

Bushaltestelle ruht eine Schnapsleiche, zugedeckt mit einer Schicht aus alten Zeitungspapieren. „Hier, Schätzchen, lass es dir schmecken", holt mich die freundliche Stimme der Bedienung aus meinen Gedanken zurück. Mit einem mütterlichen Lächeln, das die Falten in ihrem verhärmten Gesicht nur noch tiefer macht.

Erscheinen lässt, stellt sie eine großzügige Portion Rührei vor Nina auf dem Tisch ab.

„Sie möchten nichts?", erkundigt sie sich bei mir, woraufhin ich nur den Kopf schüttele. Schulterzuckend verschwindet sie daraufhin wieder hinter der Bedientheke.

„Normale Nahrung schmeckt für mich wie ein kalter Aschenbecher", erkläre ich auf Ninas fragenden Blick hin.

„Also, was hältst du von der Idee?", hake ich nach, während ich sie dabei beobachte, wie sie kleine Mäusebisse von ihrem Toastdreieck abknabbert, das bis eben noch neben dem Rührei auf dem Tellerrand lag.

„Du willst also eine Art Handel eröffnen, habe ich das richtig verstanden? Ich soll die, nennen wir sie mal Blutbeutel, beschaffen, Jacob übernimmt das fachgerechte Abfüllen und dann wird das alles unter irgendeinem Deckmantel an interessierte Kunden verkauft?", fasst Nina meinen Vorschlag grob zusammen.

„Ich weiß, das Ganze ist noch etwas ausbaufähig, aber so im Großen und Ganzen hört sich das doch gar nicht so schlecht an", resümiere ich.

„Was bringt dich zu der Annahme, dass ich für diesen Job geeignet wäre?", erwidert Nina und nippt dabei vorsichtig an ihrer Tasse. Das Getränk scheint noch sehr heiß zu sein, denn sie verzieht das Gesicht und presst die Lippen zusammen. Der Sonnenstrahl, der durch das Fensterglas bricht, verfängt sich in ihrem langen, zu einem Zopf gebundenen Haar und bringt das Rot zum Leuchten. Über ihre Stupsnase verläuft eine hauchzarte Spur von Sommersprossen.

„Wenn ich das richtig verstanden habe, wurdest du beauftragt, den Mann zu ermorden. Das lässt mich vermuten, dass du bereit bist, für Geld einiges zu tun", erkläre ich, woraufhin sie mir mit ihren grünen Augen einen fast schon beleidigten Blick zuwirft.

„Das hört sich nicht sehr charmant an, wenn du das so sagst. So sollte man nie über eine Frau reden, die bereit ist, für ihren Lebensunterhalt selbst einzustehen", entgegnet sie mit einem zickigen Unterton. Sofort halte ich beschwichtigend die Hände nach oben. „Entspann dich, so war das nicht gemeint. Aber ich brenne ehrlich gesagt darauf zu erfahren, wie es dazu kommen konnte, dass du nachts durch die Stadt streifst und fremde Männer in dunklen Gassen ermordest". Mit verschränkten Armen lehne ich mich in der gepolsterten Sitzbank nach hinten und betrachte Nina eindringlich. Sie sieht zur Theke, doch die ist verwaist. Die Bedienung ist nach hinten in die Küche verschwunden. Meine sensiblen Ohren vernehmen deutlich das Klappern und Klirren von Geschirr. Als sie sich sicher ist, dass uns niemand belauscht, beginnt sie zu sprechen: „Als ungewollte Tochter einer verarmten Bluthure hat das Leben für mich bisher nicht besonders viel bereitgehalten. Für nichts war genug Geld da, außer natürlich für die Zigaretten und den Alkohol meiner Mutter. Ohne das Zeug war sie aber auch nicht zu ertragen. Für Schule und Ausbildung ist da nichts abgefallen. Ich musste zwischen leeren Schnapsflaschen, Tablettenpackungen und dreckigen Aschenbechern mein Dasein fristen. Von dem Dreckszeug habe ich selbst aber nie etwas angerührt. Aber eines muss ich meiner Mutter zugutehalten: Sie hat die Vampire nie in meine Nähe gelassen. Und das, obwohl sie für mich ein hübsches Sümmchen bekommen hätte. Bis zu ihrem letzten Tag hier auf Erden haben wir zusammen in einer winzigen Wohnung gelebt, wobei ‚Bruchbude‘ wohl der passendere Begriff ist. Ich hatte weder Geld noch Freunde. Wo hätte ich denn auch hinsollen? Als sie vor einigen Monaten verstarb, musste ich mich entscheiden.

Das Business meiner Mutter fortführen und als Blutbeutel dienen oder mich aus dem Sumpf herauskämpfen. Rückblickend habe ich allerdings eher ein Elend gegen das andere ausgetauscht." „Woran ist deine Mutter gestorben?", unterbreche ich ihren düsteren Monolog. Ein leichtes Zucken umspielt ihre Mundwinkel, bevor sie mir antwortet: „Sie starb bei der Ausübung ihres Jobs. Eigentlich hätte sie gar nicht mehr als Bluthure arbeiten dürfen. Ihr Körper war schon längst vollkommen ausgezehrt, übersät mit unzähligen Bisswunden, die gar nicht mehr verheilen wollten. Sie war nur noch der Schatten eines Menschen. Aber das Geld lockte, und so hat sie, wie so oft in ihrem Leben, den Absprung verpasst. Der Kunde, den sie an ihrem Todestag bedient hat, hat ihr wortwörtlich den letzten Tropfen aus dem abgemagerten Körper gesaugt.

„Das tut mir leid", entgegne ich ehrlich betroffen, doch sie schüttelt nur den Kopf. Mit der Gabel schiebt sie die letzten Krümel ihres Rühreis lustlos auf dem Teller umher „Mutter wusste genau über das Risiko Bescheid. Kenne deine Grenzen und verteidige sie, denn niemand sonst wird das für dich tun", sagt sie und zitiert ihre Mutter. „Ihre eigenen Worte. Sie hat nicht auf ihren Körper gehört, also hat er ihr schlussendlich den Dienst versagt. Ein Ende, das abzusehen war und mich daher nicht sonderlich überraschte. Das klingt hart, ich weiß.

Aber das Verhältnis zu meiner Mutter war nicht gerade von Liebe und Herzlichkeit geprägt. Ehrlich gesagt bin ich froh, dass sie nicht mehr da ist. Ein Gutes hatte das ganze Dilemma. Der Vampir, der für das Ableben meiner Mutter verantwortlich ist, hat mich unter seine Fittiche genommen. Vielleicht war es das schlechte Gewissen, falls so etwas überhaupt empfunden werden kann. Er hat mir einen Job angeboten. Der Deal war ganz einfach: Ich sollte für seine Kunden die Drecksarbeit erledigen, und er würde mir dafür ein besseres Leben garantieren. Ein Pakt mit dem Teufel, den ich bereitwillig eingegangen bin", schließt sie ihre Erzählung ab. Ich bin schon fast etwas beleidigt, dass sie unsere menschlichen Gefühle infrage stellt. Natürlich empfinden wir Vampire etwas. Liebe, Lust, Trauer – das alles ist noch da. Trotz der Tatsache, dass unsere Herzen nicht mehr im Takt der Menschen schlagen, können sie dennoch etwas fühlen. Bei manch einem Exemplar meiner Gattung mögen diese Überreste der Menschlichkeit über die Jahrhunderte abgestumpft sein, aber auch die Herzen der Lebenden können zu Stein werden.

„Hat dein Wohltäter auch einen Namen?", hake ich mit einem sarkastischen Ton nach.

„Seine Leute nennen ihn Nox. Ich bin mir aber sicher, dass das nicht sein echter Name ist", antwortet sie schulterzuckend.

Meine Augenbrauen schießen vor Überraschung in die Höhe. Was hat der Bastard Nox bei einer Bluthure zu suchen? Als einer der Bosse aus der Unterwelt hat der doch genug andere Möglichkeiten, um an frischere und vor allem nahrhaftere Kost zu kommen. Der hat es gar nicht nötig, an dem kranken und abgeschafften Körper einer solchen Blutspenderin zu nagen. Und wieso sollte er sich um die Tochter kümmern wollen? An Personal, das seine zwielichtigen Aufträge ausführt, mangelt es ihm auf jeden Fall nicht. Da steckt irgendwas dahinter.

„Kennst du ihn?" Ninas Frage reißt mich aus meinen Grübeleien. Sie streicht sich einige Krümel von ihrer hellen Jeansjacke, deren Kragen einen Stoff mit Leopardenmuster trägt. „Tatsächlich kenne ich ihn. Wir hatten schon des Öfteren das … Vergnügen. Allerdings bin ich mir nicht so sicher, ob Nox damit einverstanden wäre, dass seine kleine Profikillerin auf Abwege gerät und ihre Dienste auch anderen zur Verfügung stellt", brumme ich. Vor meinem inneren Auge erscheint das Gesicht des blonden Vampirs. Mit seinen feinen Gesichtszügen und dem stets charmanten Auftreten wirkt er, als könnte er kein Wässerchen trüben. Aber wie heißt es doch so schön: stille Wasser sind tief und verdammt dreckig! „Pass mal auf, du Rob Lowe für Arme", zischt Nina plötzlich und schlägt dabei mit der flachen Hand auf den Tisch.

„Erstens möchte ich nicht, dass du mich als Profikillerin bezeichnest. Das ist ein sehr unschönes Wort. Ich würde mich eher als jemanden bezeichnen, der Menschen bei der Bewältigung ihrer Probleme behilflich ist. Zweitens, ich bin nicht Nox' Leibeigene und daher durchaus in der Lage, eigene Entscheidungen zu treffen. Wenn die Bezahlung stimmt, bin ich an Bord. Aber lass dir eines gesagt sein, das wird teuer."

Während sie spricht, fuchtelt sie mit ihrem Finger vor meiner Nase herum. Dieser überraschende Wechsel in ihrer Persönlichkeit macht mich sprachlos. Diese Frau ist für mich ein Buch mit sieben Siegeln. Erst wirkt sie wie ein hilfloses Kind, dann ist sie wie ein Sturm, der über einen hereinbricht. Ich greife nach ihrer Hand und drücke sie auf die Tischplatte. Ninas Haut fühlt sich angenehm warm an und ich kann spüren, wie das Blut durch ihre Adern pulsiert. „Beruhig dich mal, Prinzessin", murre ich, woraufhin ihr die Zornesröte ins Gesicht steigt. Ein Anblick, der mich köstlich amüsiert.

„Sprich nicht so mit mir, sonst ist das Gespräch hier sofort beendet, und du kannst dir einen anderen Idioten suchen, der deine blöden Aufträge erledigt", knurrt sie leise. Sie versucht die Hand unter meiner wegzuziehen, doch das lasse ich nicht zu und verstärke den Druck. Ich beuge mich mit dem Oberkörper ein Stück weiter zu ihr nach vorne.

„Ich sage, wann das Gespräch beendet ist. An deiner Stelle würde ich mir meinen nächsten Schritt gut überlegen. Du kannst jederzeit gehen, das steht dir frei. Ich erinnere dich aber daran, dass bei meinem Freund Jacob eine Leiche liegt, die auf dein Konto geht. Ein Anruf bei der Polizei, und du kannst dein restliches Leben im Knast verbringen. Die Insassen dort freuen sich bestimmt schon auf dich. So ein Vögelchen fressen die zum Frühstück", flüstere ich. Mir ist bewusst, dass das hoch gepokert ist, aber ich lasse es auf diesen Versuch ankommen. Für einen Moment herrscht angespannte Stille zwischen uns, dann kann ich spüren, wie sich Ninas Körper ein wenig entspannt.

„Schon gut, ich mache es", stimmt sie zu, begleitet von einem genervten Augenrollen. „Sehr schön", grinse ich und lasse ihre Hand los, die sie daraufhin schnell zurückzieht. Sie macht einen leichten Schmollmund und streichelt ihren Handrücken, auf dem ein roter Abdruck zurückgeblieben ist. „Und wie geht es jetzt weiter? Wie soll das alles funktionieren? Wir können ja schlecht durch die Straßen marschieren und planlos irgendwelche Menschen umbringen, um an ihr Blut zu kommen." Obwohl ich versuche, mich zusammenzureißen, kann ich nicht anders, als laut loszulachen. Es ist ein befreiendes Gefühl, denn das letzte Mal, als ich so herzhaft lachen konnte, ist schon eine ganze Weile her.

„Das sagt gerade die Richtige", erwidere ich, nachdem ich mich wieder etwas beruhigt habe. „Ich weiß nicht, was es da zu lachen gibt. Das war eine ernstgemeinte Frage", sagt sie beleidigt und schiebt ihre Unterlippe ein Stück nach vorne. „Zerbrich dir darüber mal nicht deinen hübschen Kopf. Das regle ich schon. Eine Frage habe ich allerdings noch. Du musst nicht antworten, wenn du nicht willst, aber du hast immer nur von deiner Mutter gesprochen. Was ist mit deinem Vater?" Unsere Blicke treffen sich. Das Tageslicht bringt ihre grünen Augen, die mich an das Blätterdach eines Waldes erinnern, nur noch mehr zum Strahlen. Sofort habe ich den Geruch von Moos und Erde in der Nase.

„Ich kenne ihn nicht. Mutter hat immer ein Geheimnis darum gemacht, wer mein Erzeuger ist oder war. Ich weiß nicht einmal, ob er noch lebt. Vermutlich ist es irgendein Junkie, der schon längst zwischen irgendwelchen Müllcontainern an einer Überdosis verstorben ist", beantwortet sie meine Frage in einem eisigen Ton. Ein ungutes Gefühl beschleicht mich. Eine Sorge, die ich nicht richtig benennen kann. Ich versuche, diesen Gedanken abzuschütteln und erhebe mich. „Lass uns gehen. Es gibt einiges zu tun", fordere ich Nina auf, doch als ich an ihr vorbeigehe, packt sie mich am Arm. „Bist du lebensmüde? Wir können doch jetzt nicht herausgehen", raunt sie mir erschrocken zu.

Irritiert blicke ich zu ihr herunter. „Erklärst du mir auch, wieso nicht?" „Hast du mal aus dem Fenster geschaut? Es ist taghell. Wenn wir da hinausgehen, macht es puff, und von dir bleibt nicht mehr übrig als ein Haufen Asche. Damit wäre es dann vorbei mit deinem tollen Handel und meinem Verdienst", erklärt sie mir, als wäre ich ein Kleinkind, das eine dumme Frage gestellt hat. Einige Sekunden lang starre ich sie mit großen Augen an, bevor mein Körper erneut unter einer Welle des Lachens erbebt. „Du bist mir eine. Da hat jemand wohl zu viele schlechte Horrorfilme gesehen. Sonnenlicht brennt zwar ein wenig auf der Haut, aber ich fange nicht gleich Feuer. Komm jetzt", erkläre ich und tätschle dabei ihre Schulter. Bevor wir gemeinsam den Laden verlassen, werfe ich ein paar Münzen als Bezahlung für Ninas Essen auf den immer noch verlassenen Tresen.

Kapitel 4

MORDSNÄCHTE

Vier Monate später - Der Beat, der aus riesigen schwarzen Boxen dröhnt, bringt nicht nur den Boden, sondern auch die Luft zum Vibrieren. Eine Masse aus schwitzenden Körpern bewegt sich im Takt zur Musik auf und ab. Über den Köpfen der Clubbesucher leuchten die Scheinwerfer in verschiedenen Rottönen und tauchen alles in ein mystisches Licht. Der DJ am Mischpult gibt alles und heizt den Tänzern immer weiter ein. Jede Faser meines Körpers wird von der Musik durchdrungen, während ich zufrieden meinen Blick durch den gut besuchten Club schweifen lasse.

„Läuft alles?", rufe ich über die Bässe hinweg einer knapp bekleideten Bedienung zu, die mit einem voll beladenen Tablett an mir vorbeihuscht. Unruhig schwappt der Inhalt der Cocktailgläser samt bunter Schirmchen hin und her, als sie mir lächelnd zunickt. Ich hebe leicht meinen Kopf und atme tief ein. Es riecht nach Tabak und Alkohol. Mit einem entschuldigenden Lächeln schiebe ich mich an einer Traube angetrunkener Frauen vorbei, die albern kichernd ihre Hüften zum aktuellen Song schwingen. Ich marschiere auf die Bar zu, an der Nina eifrig Getränke ausschenkt. Geld und Alkohol wechseln im Minutentakt die Besitzer.

„Chef, der Whiskey ist ausgegangen", brüllt mir ein Barkeeper über den Lärm hinweg zu.„Im Lager sind noch ein paar Kisten. Fülle die Bestände auf, ich springe so lange für dich ein", entgegne ich ihm. Ohne Umschweife leistet er meiner Anweisung Folge und verlässt den Barbereich. „Du siehst gut aus", raune ich Nina ins Ohr, als ich mich an ihr vorbei hinter die Theke schiebe. Eine Gänsehaut wandert über ihre nackten Oberarme, was ich lächelnd zur Kenntnis nehme. Sie trägt eine eng anliegende, weiße Jeans. Über ihrer Brust spannt sich der dunkle Stoff eines bauchfreien Oberteils. In ihrem Nabel glitzert der runde Stein eines Piercings. Im Vorbeigehen streiche ich mit meiner Hand über das glatte Leder ihrer ärmellosen Weste.

Die rote Mähne hat sie zu Locken gedreht und hochgesteckt. In ihrem Nacken haben sich winzige

Schweißperlen gebildet. Die Luft im Club ist dünn, und es wird von Sekunde zu Sekunde immer wärmer. „Einen Sex on the Beach und einen Gin Tonic, bitte", bestellt eine junge Frau. Ihre Wangen sowie ihr Dekolleté sind gerötet. Ich höre deutlich das Hämmern ihres Herzschlags, der das Blut nur so durch ihre Adern rauschen lässt. „Kommt sofort!", lächle ich sie an und drehe mich zu dem Regal mit den Alkoholflaschen. Nina tut es mir gleich, und so stehen wir für einen Moment schweigend nebeneinander und bereiten die verschiedenen Getränke für die Gäste zu. „Und? Was ergibt sich heute?", frage ich beiläufig, während ich eine Zitrone in Scheiben schneide. "Der Typ da hinten in dem teuren Anzug wäre ein möglicher Kandidat. Er kommt jetzt schon seit einer ganzen Weile jeden Abend hierher, um seine Sorgen im Alkohol zu ertränken. Hat eine hässliche Scheidung hinter sich. Frau und Kinder weg, Haus weg, und die Kündigung hat auch nicht lange auf sich warten lassen.

„Er hat einen ganz schönen Absturz hingelegt, vor einigen Monaten schien ihm noch die Sonne aus dem Arsch, wenn man seinen Erzählungen Glauben schenken darf", antwortet mir Nina, bevor sie sich mit zwei gut gefüllten Gläsern wieder ihrer Kundschaft zuwendet. „Bitte sehr."

Mit einem charmanten Lächeln schiebe ich die bestellten Getränke über den Bartresen. Während das Geld in die Kasse wandert, suchen meine Augen bereits den Mann, den Nina mir beschrieben hat. Er sitzt ganz hinten am letzten Tisch. Mit hängenden Schultern starrt er auf sein halb leeres Glas. Seine Lippen sind zu einem schmalen Strich verzogen, unter den Augen liegen dunkle Schatten. Abgesehen von diesem kummervollen Ausdruck macht er einen ganz gesunden Eindruck auf mich. Er ist schlank, sein Körper scheint trainiert zu sein, und außer dem Alkohol rieche ich keine anderen Substanzen in seinem Blut.

Nina hat sich nicht getäuscht, der Mann ist perfekt für uns. Plötzlich ertönt ein erschrockener Schrei, gefolgt von einem klirrenden Geräusch. Genervt atme ich einmal tief ein, bevor ich mich zu Nina umdrehe, der ein Tablett mit Getränken aus der Hand gerutscht ist. Solche Missgeschicke passieren dem kleinen Tollpatsch andauernd. Der dunkel gefärbte Alkohol hat sich nicht nur auf dem Boden, sondern auch über ihre Hose verteilt. Glassplitter funkeln im Licht der Scheinwerfer wie kleine Diamanten. Fluchend geht Nina in die Hocke und beginnt, die Scherben mit ihren bloßen Fingern aufzusammeln. „Vorsichtig", sage ich laut und beuge mich herunter, um sie aufzuhalten, doch da ist es schon zu spät. Eines der scharfkantigen Glasstücke schneidet sich tief in ihre Haut, woraufhin sie schmerzerfüllt zischt und sich den blutenden

Finger in den Mund steckt. Sofort dringt ein köstlicher Geruch in meine Nase, und ich muss heftig schlucken, um mein Verlangen nach einem Imbiss zu unterdrücken. „Komm her, wickle das um und geh dich hinten sauber machen. Ich komme gleich nach und verarzte dich", fordere ich sie auf. Dankend nimmt sie den unbenutzten Lappen entgegen, den ich ihr reiche, und verschwindet in den Angestelltenbereich. Auch anderen ist der Geruch des Blutes nicht verborgen geblieben, denn ich kann die gierigen Blicke deutlich in meinem Rücken spüren, bohrend wie spitze Pfähle. Als ich mich umdrehe, erklingen auch schon die magischen Worte: „Einen Red Shot bitte." Vor mir steht eine bildschöne Frau. Ihr langes Haar fällt wie ein silbriger Vorhang über die schmalen Schultern, und ein verheißungsvolles Lächeln umspielt ihre tiefroten Lippen. Mit den großen Augen und der vornehmen Blässe wirkt sie wie ein Porzellanpüppchen. Hinter ihr steht ein Bär von einem Mann, der die meisten der anderen Gäste, sie selbst eingeschlossen, um fast zwei Köpfe überragt. Er blickt mich finster an wie ein Hund, der seinen Kauknochen verteidigen will. Fransen seines schwarzen Haares hängen leicht in die Stirn. Besitzergreifend hat er einen Arm um die Taille seiner Begleiterin gelegt, die mich erwartungsvoll ansieht.

Die beiden umgibt der Hauch des Todes. „Bitte folgen Sie mir", nicke ich den beiden zu, nachdem ich erleichtert feststelle, dass mein zweiter Barkeeper endlich aus dem Lager zurückgekehrt ist. In seinen Armen jongliert er mit mehreren Flaschen sündhaft teuren Whiskeys. „Ich begleite die beiden hier nach unten. Nina hat sich verletzt und ist hinten im Pausenraum. Du musst erst mal versuchen, alleine klarzukommen", erkläre ich ihm im Vorbeigehen. Er hört mir gar nicht richtig zu, so sehr ist er von dem faszinierenden Anblick der Gäste abgelenkt, die dicht hinter mir hergehen. Ich führe die beiden in einen abgetrennten Bereich des Clubs, von dem aus eine Treppe in den Keller führt. Die wuchtigen Elektrobeats verstummen hinter der geschlossenen Tür und werden von leisen, entspannteren Klängen abgelöst.

„Rotkehlchen, das ist ein humorvoller Name für dieses interessante Etablissement", bemerkt die Frau, während wir die Stufen hinabschreiten. „Als ehemaliger Comedian konnte ich mir dieses Wortspiel einfach nicht verkneifen", erkläre ich gelassen. Durch einen Vorhang aus schwarz glänzenden Glasperlen geleite ich meine Gäste in einen separaten Raum, an dessen Ende sich eine weitere Bar befindet. Blaue Deckenlampen tauchen alles in ein schummriges Licht, das eine fast schon gespenstische Atmosphäre zaubert.

Am Bartresen stehen zwei Frauen, die in identischen, eng geschnittenen Hosenanzügen gekleidet sind. Eine von ihnen sieht sofort auf, als wir eintreten. Unsere Blicke treffen sich, und ich hebe zwei Finger nach oben, woraufhin sie mir zunickt. „Ich heiße Sie herzlich willkommen in unserer Flüsterbar. Bitte machen Sie es sich bequem, Ihre Getränke werden gleich serviert." Mit einem charmanten Lächeln deute ich auf einen runden Glastisch, an dem zwei bequeme Ledersessel stehen. Als die beiden sich setzen, wirft die flackernde Kerze auf dem Tisch seltsame Schatten in ihre Gesichter, die unruhig hin und her tanzen. „Das erinnert mich an die Zeit der Prohibition. Ach, da werden herrliche Erinnerungen wach. Ein Jahrzehnt voller verdorbener Geheimnisse. Waren Sie damals auch in den Vereinigten Staaten?", schmunzelt die Frau und klatscht dabei aufgeregt in die Hände. Im Gesicht ihres Begleiters, der mit seinen Augen jeden einzelnen Zentimeter der Umgebung scannt, zuckt nicht ein einziger Muskel. „Ich habe die Goldenen Zwanziger hier in Deutschland verbracht, aber der Name ist tatsächlich eine Hommage an diese Zeit", verneine ich mit gespieltem Bedauern.

„Bitte sehr, Ihre Drinks." „Das ist Abigail. Sie wird heute Abend für Ihr leibliches Wohl sorgen. Wenn Sie irgendwelche Wünsche haben, dürfen Sie sich vertrauensvoll an sie wenden", stelle ich die blonde Bedienung vor, die soeben die Getränke gebracht hat. Zur Unterstreichung meiner Worte nickt

Abigail eifrig mit dem Kopf, was ihre blonden Korkenzieherlocken leicht auf und ab wippen lässt. Als sich ihre Lippen zu einem breiten Lächeln verziehen, blitzen für einen kurzen Moment die messerscharfen Spitzen ihrer Schneidezähne auf. Gespannt beobachte ich meine Gäste dabei, wie sie vorsichtig an ihren Gläsern nippen, in denen sich eine dunkelrote Flüssigkeit befindet. „Das schmeckt köstlich. Verraten Sie mir bitte, wie Sie an Blut dieser Qualität kommen können? Das grenzt heutzutage fast an ein Wunder", ruft die Frau mit großen Augen aus. Sie leckt sich genüsslich über die Lippen, auf denen das dickflüssige Getränk seine glänzenden Spuren hinterlassen hat. „Das ist ein Firmengeheimnis. Da wir aber wissen, wie schwierig es ist, heutzutage an eine ausgewogene Mahlzeit zu kommen, haben wir dafür gesorgt, dass Sie unsere Red Shots auch außerhalb dieser Räumlichkeiten genießen können. Wenn Sie möchten, können Sie später bei Abigail Ihre Bestellung aufgeben. Die Red Shots sind in verschiedenen Größen erhältlich, die wir Ihnen frei Haus direkt liefern", zwinkere ich ihr zu und deute mit meinem Finger in Richtung Bar. Unter der Theke befindet sich eine gläserne Auslage, in der verschieden große Tetrapaks stehen. Schneeweiß schimmern die Verpackungen unter den hellen Lichtern.

In der Mitte ist eine schwarze Spritze aufgedruckt, aus deren Nadel ein einziger roter Blutstropfen quillt. „Was würde uns das kosten?", fragt mich der bisher so schweigsame Mann mit tiefer Reibeisenstimme. „Die Preise variieren je nach Größe. Die kleinen Packungen mit je 250 Milliliter sind bereits ab 500 DM zu haben. Aktuell sind auch Größen bis 2.500 DM erhältlich. Unser Angebot wird jedoch stetig erweitert. Über Sonderkonditionen lässt sich jederzeit verhandeln", erläutere ich. Für einen Moment scheint es, den beiden die Sprache verschlagen zu haben. „Das ist sehr kostspielig", erwidert die Frau nach einer kurzen Bedenkzeit.

„Das Blut wird in einem speziellen Verfahren aus den Körpern entnommen und vor der Abfüllung aufbereitet, damit es nicht zum Gerinnungsprozess kommt und die für uns so wichtigen Nährstoffe erhalten bleiben. Die Ware ist von höchster Qualität, und die hat ihren Preis. Abigail wird Ihnen aber gerne alle Ihre Fragen zu unseren Produkten beantworten, denn ich muss Sie jetzt leider wieder verlassen. Genießen Sie die Nacht in vollen Zügen", verabschiede ich mich höflich, bevor ich den Rückweg antrete. Während ich die Treppe hinaufsteige, kann ich mir ein Lächeln nicht verkneifen. Wer hätte gedacht, dass aus meiner irren Idee ein so florierender Handel erwachsen würde.

Während sich oben in der Edeldiskothek die Feierwütigen die Seele aus dem Leib tanzen und ihr hart verdientes Geld für kostspielige Drinks und leichte Mädchen auf den Tisch hauen, kann ich in aller Ruhe hier unten den eigentlichen Geschäften nachgehen. Als Barkeeperin hält Nina Ausschau nach denen, die sich am besten dafür eignen, als Nahrungsmittel zu dienen. Einem hübschen Barmädchen gegenüber ist noch fast jeder schwach geworden, vor allem wenn einem der Alkohol die Zunge lockert. Dann werden all die Probleme und dunklen Geheimnisse einfach so ausgeplaudert, die man zuvor mühsam in sich begraben hat. Bei der Auswahl achten wir stets darauf, dass das Blut gesund ist und der Mensch von niemandem groß vermisst wird. Sobald die Wahl getroffen ist, erledigen Nina und Jacob den Rest. Apropos Nina, nach ihr muss ich jetzt dringend schauen. Ihre Schnittwunde sah ganz schön böse aus. Wie ein Häufchen Elend sitzt sie auf der Kante eines Tisches und starrt auf ihre Füße hinunter. Die Kleidung ist durchtränkt von einer Mischung aus Blut und Alkohol. Ihr Gesicht ist ganz bleich, und der helle Stoff des Lappens, der um ihre Hand gewickelt ist, hat sich bereits mit ihrem Blut vollgesogen. „Es hört nicht auf zu bluten", jammert sie mitleiderregend, als ich den kleinen Raum betrete, der extra für die Ruhepausen der Angestellten eingerichtet wurde.

„Zeig mal her", sage ich in einem beruhigenden Ton. Vorsichtig hebt sie das Tuch nach oben. Zum Vorschein kommt eine tiefe, zentimeterlange Schnittwunde. Ich lege mein dunkelblaues Jackett ab und krempel die Ärmel meines Hemdes bis zu den Ellenbogen hoch. Ich greife nach ihrer Hand und betrachte die Misere etwas genauer. Ein Pflaster wird da nicht viel ausrichten, wahrscheinlich müsste die Wunde genäht werden. Sie in diesem Zustand hierzubehalten, wäre viel zu gefährlich. Der Geruch des Blutes zieht sich schon jetzt durch fast alle Räume. Das Risiko, dass einer meiner untoten Gäste in Raserei gerät und völlig austickt, ist zu hoch. „Das bekommen wir wieder hin", beruhige ich sie. Ich führe mir mein Handgelenk zum Mund und beiße kräftig hinein. „Was tust du denn da?", ruft Nina erschrocken aus. Ungläubig starrt sie auf den blutenden Bissabdruck, der sich dunkel von meiner Haut abzeichnet. „Trink", befehle ich im harschen Ton, woraufhin sie nur angewidert den Kopf schüttelt. Genervt rolle ich mit den Augen, bevor ich ihr mein Handgelenk einfach gegen die Lippen presse. „Ich habe gesagt, du sollst trinken", herrsche ich sie an. Es kitzelt ein wenig, als sie mit ihrer Zunge über die Wunde leckt. „Braves Mädchen", lobe ich sie. Nach einigen Sekunden lasse ich den Arm wieder sinken. Fassungslos starrt Nina mit blutverschmiertem Mund auf ihre Hand.

Der Schnitt beginnt zu verheilen. Man kann förmlich dabei zusehen, wie sich die Haut wieder verschließt, ohne dass eine Narbe zurückbleibt. „Was zum Teufel", haucht sie ungläubig. „Im menschlichen Kreislauf entfaltet Vampirblut eine heilende Wirkung", erkläre ich ihr. Mit einem Tuch wische ich die Überreste des Blutes von ihrer und meiner Haut. Plötzlich greift sie nach meinem Arm. Mit kritischem Blick beäugt sie die Stelle, an der bis vor wenigen Sekunden noch eine Bissverletzung zu sehen war. „Die Vorteile eines untoten Körpers. Unsere Selbstheilungsfähigkeiten sind euren weit überlegen. Über solche Verletzungen lachen wir nur", kläre ich sie auf. Unsere Blicke treffen sich. Ihr schwarzer Kajal ist etwas verschmiert, doch das tut ihrer Schönheit keinen Abbruch. Zaghaft hebt sie ihre Hand, verharrt plötzlich in der Bewegung, bevor sie dann doch mit ihren Fingerspitzen über meine Wange streicht. „Dunkle Adern", flüstert sie leise. Ich weiß, wovon sie spricht. Wenn die Gier nach frischem Blut zu stark wird, treten die Adern unter den Augen der Vampire überdeutlich hervor. Sie verfärben sich in einem dunklen, fast schwarzen Ton. Schon so lange wandle ich unter den Menschen und doch habe ich nie richtig gelernt, dieses Gefühl zu kontrollieren. In unachtsamen Momenten bricht es doch immer wieder durch.

„Keine Sorge. Sieht zwar hässlich aus, ist aber ungefährlich. Du brauchst keine Angst zu haben. Das verschwindet gleich wieder", sage ich leise und lege meine Hand auf ihre.

„Weder habe ich Angst, noch sieht es hässlich aus", erwidert Nina. Ich kann den Puls unter ihrer Haut fühlen. Er ist langsam und regelmäßig. Für einen Moment scheint die Zeit stillzustehen. Kein Ton dringt an mein Ohr. Plötzlich wird die Tür des Pausenraums aufgerissen und mein Barkeeper steht schwer atmend in der Tür. „Chef, ganz ehrlich jetzt, wenn ich nicht bald hinter der Bar Hilfe bekomme, dann werden die Gäste ungehalten", grummelt er unzufrieden. Hektisch zieht Nina ihre Hand zurück und räuspert sich verlegen. „Ist ja schon gut. Nina wird dich gleich unterstützen. Ich bespreche nur kurz etwas mit ihr, und dann steht sie dir wieder zur Seite", versuche ich ihn zu besänftigen. „Etwas besprechen. Ist klar. Beeilt euch bitte einfach." Mir gefällt der Ton nicht, in dem er mit mir redet. Nachdem er wieder aus der Tür verschwunden ist, blicke ich zu Nina. Sie hat die Arme vor der Brust verschränkt und sieht betreten nach unten. „Es ist Erntezeit. Du weißt, was du zu tun hast. Ich warte beim Bestattungsunternehmen auf dich und die Ware. Und jetzt geh deinem Kollegen helfen, bevor er vor lauter Stress noch einen Herzinfarkt bekommt", weise ich sie an, woraufhin sie stumm nickt.

Bevor sie den Raum verlässt, rufe ich ihr zu: „Die Getränke von vorhin ziehe ich dir vom Lohn ab!" Mit der Hand auf der Klinke verharrt sie für einen Moment. Ein empörter Ausdruck liegt auf ihrem Gesicht, als sie sich langsam zu mir umdreht. Sie öffnet bereits den Mund, um mir zu widersprechen, doch mein Blick bringt sie sofort zum Schweigen. Genervt pustet sie sich eine Strähne aus dem Gesicht, bevor sie zornig ihren Dienst an der Bar wieder aufnimmt.

Kapitel 5

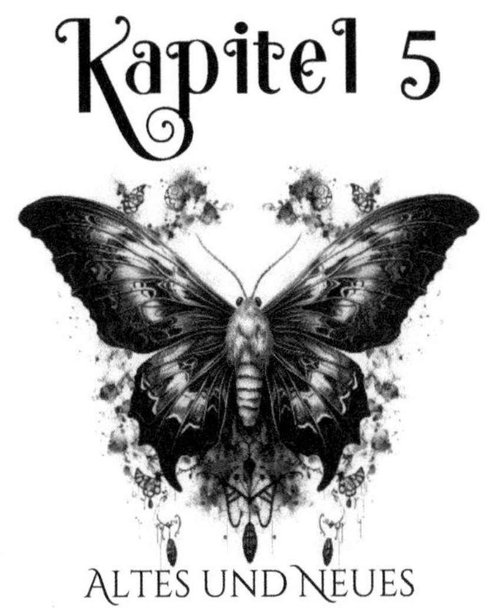

Altes und Neues

Rund und prächtig steht der Mond am Himmel. Sein bläuliches Licht verleiht der Umgebung eine geisterhafte Atmosphäre. Still und finster liegt das Anwesen von Jacob da. Dunkle Wälder umrahmen das Grundstück. Die Bäume, die schon vor Monaten ihr Blätterkleid abgeworfen haben, wirken im fahlen Mondschein wie riesige Skelette. Genervt blicke ich auf die Uhr. Wo bleibt sie denn? Unruhig marschiere ich vor den Stufen des Bestattungsinstituts auf und ab. Leise knirscht der Kies unter meinen Füßen. Es wird nicht mehr lange dauern, bis die Morgenröte einsetzt.

Ich habe eine anstrengende Nacht hinter mir und wäre gerne zu Hause, bevor die ersten

Sonnenstrahlen die Nacht vertreiben. Erleichtert atme ich auf, als ich die Scheinwerfer von Ninas Wagen erblicke. „Sorry, es hat ewig gedauert, bis die letzten Gäste den Laden verlassen haben und ich endlich allein war mit dem Typen", versucht Nina ihr verspätetes Eintreffen zu entschuldigen. „Lass uns einfach keine Zeit mehr verlieren. Ich will nach Hause. Dann zeig mal her, die gute Ware", winke ich ab. Gemeinsam gehen wir zum Kofferraum. „Der hat sich trotz des Betäubungsmittels in seinem letzten Drink ganz schön gewehrt, aber schlussendlich habe ich ihn doch noch plattgemacht", erzählt Nina stolz, als sie den Kofferraum öffnet. Zum Vorschein kommt ein bis auf die Unterwäsche entkleideter Männerkörper. Es ist der armselige Typ aus der Bar, den Nina schon seit einer Weile im Visier hatte. Über seinen Hals verlaufen deutlich sichtbare Würgemale, die von einem Gürtel stammen könnten. Als ich mich herunterbeuge, um den Körper aus dem Auto zu hieven, spüre ich, dass etwas nicht stimmt. Ich kann dem Faustschlag gerade noch so ausweichen.

„Scheiße", fluche ich und stolpere dabei einige Schritte nach hinten. Perplex huscht Ninas Blick zwischen mir und dem Totgeglaubten hin und her, der uns aus weit aufgerissenen Augen panisch anstarrt. Wie von der Tarantel gestochen stürzt er aus dem Kofferraum und rennt in einem Affenzahn in

Richtung Wald. „Was zur Hölle? Hast du nicht geprüft, ob er tot ist?", herrsche ich Nina an, die in einer hilflosen Geste die Hände nach oben streckt. „Ich habe seinen Puls am Handgelenk kontrolliert", hält sie dagegen. „Willst du mich verarschen? Ich fasse es nicht. Wie oft habe ich dir erklärt, dass das nicht reicht? Was stehst du denn so herum? Hol ihn sofort zurück!" Es kostet mich einiges an Überwindung, sie nicht anzuschreien.

„Ähm, ich denke, das ist keine gute Idee. Den hole ich nicht mehr ein", flüstert Nina und wirft einen Blick hinunter auf ihre Füße, die in glitzernden High Heels mit mörderisch hohen Absätzen stecken. „Fantastisch. Wirklich ganz fantastisch. Halt das mal", brumme ich und werfe ihr mein Jackett zu, das sie irritiert mit beiden Armen auffängt. Bevor sie noch etwas sagen kann, setze ich mich in Bewegung. Es dauert keine fünf Sekunden, bis ich den Typen erreiche, der versucht, im Schatten des Waldes zu verschwinden. Es knackt leise, als ich seinen Kopf um hundertachtzig Grad drehe. Wie ein nasser Sack fällt er zu Boden, wo er regungslos liegen bleibt. Das hätte ins Auge gehen können. Nicht auszudenken, welche Folgen es gehabt hätte, wenn der Kerl noch in der Stadt aus Ninas Auto entwischt wäre. Unser schönes Geschäft wäre den Bach hinuntergegangen.

Ich beuge mich nach unten, hebe den leblosen Körper hoch und werfe ihn mir über die Schulter. Als ich zum Bestattungsunternehmen zurückkehre, wartet neben Nina bereits auch Jacob. „Eine erfrischende Runde Morgensport oder was sollte das werden?", lacht Jacob, als er die Leiche in Empfang nimmt. „Sport ist ja bekanntlich Mord", kichert Nina, verstummt aber sofort, als sie meinen Blick bemerkt. „Darüber reden wir noch. Steig schon mal in den Wagen", raune ich ihr zu, als sie mir mein Jackett reicht. Sie verabschiedet sich kurz von Jacob, bevor sie meiner Aufforderung nachkommt. „Sei nicht so streng zu ihr", mahnt er mich, doch ich winke nur verächtlich ab. „Kümmer du dich um die Toten, ich regele das mit den Lebenden", grummele ich und wende mich zum Gehen ab. „Bevor du wieder verschwindest, haben wir da ein kleines Problem", hält mich Jacob zurück. „Was ist denn jetzt noch?", stöhne ich gereizt und drehe mich zu meinem Freund um. „Wir sind mit den Bestellungen etwas im Rückstand. Eure heutige Lieferung wird nicht ausreichen, um alles abzuarbeiten. Ihr werdet noch einmal ranmüssen". Ich versichere Jacob, dass ich mich darum kümmern werde, und steige zu Nina in das Auto. Mit quietschenden Reifen verlassen wir das Grundstück und treten den Rückweg in Richtung Stadt an. Die gesamte Fahrt über herrscht eisiges Schweigen.

Ich spüre, wie Nina immer wieder verstohlen zu mir herüberschielt. Als sie die Lippen öffnet, um etwas zu sagen, hebe ich die Hand vom Lenkrad. Meine Geste bringt sie sofort zum Verstummen. „Wir unterhalten uns, wenn wir zu Hause sind", sage ich knapp. Der Ton meiner Stimme duldet keine Widerworte. Im Moment bin ich noch zu wütend, als dass ich mich vernünftig mit ihr unterhalten könnte. Ihr dummer Fehler hätte uns um Kopf und Kragen bringen können. Angestrengt starre ich auf die Straße. Es ist so ruhig, dass man hören kann, wie mein Kiefer mahlt. Die Morgendämmerung hat bereits eingesetzt, als wir in die Tiefgarage des Hochhauses einbiegen, in dem Nina und ich unsere Wohnungen haben. Ich wollte die Kleine in meiner Nähe haben, weswegen ich sie kurz nach unserem ersten Treffen direkt hier einquartiert habe. Vertrauen ist gut, Kontrolle ist besser. „Was tust du da?", frage ich genervt nach, als ich bemerke, dass sie nicht sofort aus dem Auto steigt.

„Die Dinger bringen mich noch um. Lauf du doch mal die ganze Nacht auf solchen Schuhen, dann will ich mal sehen, wie flink du danach noch bist", antwortet sie pampig. Nachdem sie sich die Schuhe abgestreift hat, atmet sie erleichtert auf „Herrlich", seufzt sie und streckt die Zehen genüsslich aus. Für jemanden, der sich heute einen solchen Schnitzer geleistet hat, ist sie ganz schön frech.

Barfuß, das Paar Schuhe unter den Arm geklemmt, tapst sie hinter mir her, während wir auf die Fahrstühle zugehen. „Ist das nicht zu kalt?", erkundige ich mich mit einem kritischen Blick auf ihre nackten Füße. Sie schüttelt den Kopf, bevor sie erwidert: „Nein, ist eigentlich ganz angenehm." Begleitet von einer schrecklichen Fahrstuhlmusik fahren wir hoch in den letzten Stock. Von hier aus hat man einen atemberaubenden Blick über die ganze Stadt. Wenn die Nacht ihren Mantel über die Häuser gelegt hat und nur noch die glitzernden Lichter zu sehen sind, erscheint einem dieser Ort gar nicht mehr so übel. „Du bist bestimmt sehr müde. Wir können ja später noch miteinander reden", versucht Nina sich aus der Affäre zu ziehen, als wir ihre Wohnungstür passieren. Sie hat ihren Schlüssel bereits in der Hand und ist kurz davor, ihn ins Schloss zu stecken, als ich mich zu ihr umdrehe. „Vergiss es, so einfach kommst du mir nicht davon. Ab mit dir", entgegne ich und nicke in Richtung meiner eigenen Wohnung. Mit hängendem Kopf folgt sie meiner Geste. Nachdem die Tür hinter uns ins Schloss gefallen ist, würde ich am liebsten sofort eine Schimpftirade über sie niederprasseln lassen. Doch ehe ich richtig ausholen kann, fällt sie mir ins Wort: „Bevor du anfängst, mit mir zu meckern, würde ich gerne duschen gehen." Fassungslos starre ich sie an. „Wie bitte?"

„Ich wollte erst zu mir gehen und mich frisch machen, aber du hast mich ja nicht gelassen. Guck mich an. Ich bin dreckig, stinke nach Alkohol, Zigaretten und weiß Gott, was noch alles“, beharrt sie auf ihre Forderung. Ich kann nicht bestreiten, was sie da sagt. Ihr sind die Anstrengungen dieser Nacht deutlich anzusehen. „Also schön, du weißt ja, wo alles ist. Aber beeil dich“, gebe ich schließlich nach. Ein strahlendes Lächeln huscht über ihr Gesicht. Schnurstracks verschwindet sie im Badezimmer. Erschöpft lasse ich mich auf dem Sofa nieder. Mit geschlossenen Augen lehne ich den Kopf nach hinten und lausche dem Rauschen des Wassers, das leise hinter der Tür zu hören ist. Das Prasseln der Dusche lullt mich immer weiter ein, und so gleite ich in einen Dämmerzustand zwischen Schlaf und Wachsein. Auch wenn man es nicht glauben mag, aber selbst wir Vampire müssen schlafen, um unsere Energiereserven wieder aufzufüllen. Blut allein reicht dafür nicht aus. Irritiert runzle ich die Stirn, als kleine Tropfen auf mein Gesicht perlen. Verwundert öffne ich meine schweren Augenlider und blicke in Ninas Gesicht. „Träumst du?“, fragt sie lächelnd. Sie hat sich von hinten über mich gebeugt. Die Spitzen ihrer noch feuchten Haare streichen dabei leicht über meine Wangen. Die heiße Dusche hat wieder Farbe in ihr Gesicht gebracht.

Mit einem leisen Räuspern richte ich mich auf und reibe mir über die müden Augen. „Nein. Ich habe mich nur kurz ausgeruht", erwidere ich. Erst als Nina sich mit einer eleganten Bewegung neben mich setzt, fällt mir auf, dass sie meinen Morgenmantel trägt. Sie schwingt die Beine übereinander, sodass unter dem anthrazitfarbenen Baumwollstoff ihre glattrasierte Haut zum Vorschein kommt. Als sie meinen Blick bemerkt, zuckt sie entschuldigend mit den Schultern. „Ich hatte keine Lust, nach dem Duschen wieder in meine dreckigen Klamotten zu schlüpfen. Deswegen habe ich mir den hier ausgeliehen", erklärt sie und zupft dabei am Kragen des Kleidungsstücks.

„Passt schon. Willst du etwas trinken?"

Schwungvoll erhebe ich mich und schlendere zu einem Tisch, auf dem eine kleine Auswahl alkoholischer Getränke samt passender Gläser steht. „Ein Glas Wasser würde mir reichen", ruft sie mir über die Schulter hinweg zu. Ich komme ihrer Bitte nach, und nur wenige Sekunden später steht das gewünschte Getränk vor ihr. „An diese Geschwindigkeit werde ich mich nie gewöhnen", brummt sie in ihrem nicht vorhandenen Bart. Als sie trinkt, kitzelt die Kohlensäure ein wenig auf ihrer Haut, woraufhin sie die Nase kraus zieht. Der Anblick ist so süß, dass ich schmunzeln muss.

„Bist du noch sauer?", erkundigt sie sich vorsichtig, woraufhin mir das Lachen sofort vergeht. „Und wie ich das bin", antworte ich, während ich mich erneut auf dem Sofa niederlasse. „Deine Aktion heute war unter aller Kanone. Du scheinst den Ernst der Lage nicht ganz zu begreifen, Nina. Wenn unsere Geschäfte auffliegen, dann war es das. Dann hast du nicht nur die Justiz gegen dich, sondern auch die Vampire. Wie du weißt, bevorzugen es meine Artgenossen, unerkannt zu bleiben." „Es ist ja nicht so, als hätte ich es mit Absicht gemacht. Das war einfach ein Versehen, wird nicht wieder vorkommen", entgegnet sie lässig. Ihre Art treibt mich zur Weißglut. Es ist, als würde ich mich mit einem unbelehrbaren Kind unterhalten. Vor Wut ballen sich meine Hände zu Fäusten, was Nina nicht entgeht. „Ich verstehe nicht, worüber du dich so aufregst, Christian. Es ist doch alles gut gegangen. Du hast den Typen easy eingeholt. Hör auf, dich zu ärgern, das gibt nur Falten."

„Spar dir deine dämlichen Sprüche. Du verhältst dich wie ein Kleinkind. Von einer erwachsenen Frau erwarte ich ein professionelleres Verhalten. Unglaublich, was für ein verdammter Sturkopf du bist. Denkst du, ich bin immer da, um deine Dummheiten zu korrigieren? Da hast du dich aber geschnitten. Irgendwann kommst du mal nicht mehr so glimpflich davon, und was dann? Willst du anstelle dieser Versager in einem Leichensack enden? Hör auf, dich wie eine dumme Göre zu benehmen, und konzentriere dich in Zukunft besser auf deine Arbeit", fahre ich sie an. Ein bedrohliches Schweigen breitet sich zwischen uns aus. Plötzlich knallt Nina ihr halb volles Glas geräuschvoll auf den Wohnzimmertisch. Etwas von dem Wasser schwappt über den Rand und ergießt sich in einer kleinen Pfütze auf dem dunklen Holz. Wortlos erhebt sie sich und kehrt mir den Rücken zu. „Was wird das? Wir sind noch nicht fertig. Setz dich wieder hin." „Einen Scheiß werde ich tun. Ich verschwinde. Du bist wirklich ein Arschloch, Christian", widerspricht sie, ohne sich dabei zu mir umzudrehen. Ich habe mich gerade wohl verhört. Binnen eines Wimpernschlags stehe ich direkt vor ihr.

„Wie hast du mich genannt?" Meine Worte sind nicht mehr als ein unheilvolles Flüstern. „Arschloch", wiederholt sie, wobei sie jeden einzelnen Buchstaben überdeutlich betont. Streitlustig reckt sie mir das Kinn entgegen und verschränkt die Arme vor dem Körper. Zugegeben, ein wenig imponiert mir der Kampfgeist dieser jungen Frau, die mir gerade einmal bis zur Brust reicht. Langsam beuge ich mich zu ihr herunter. Nur wenige Millimeter trennen unsere Nasenspitzen voneinander. Ihr warmer Atem streicht über meine Haut.

Der Geruch von Pfefferminz mischt sich mit dem herben Duft meines Duschgels, den ihr Körper versprüht. In ihren Augen erkenne ich ein zorniges Funkeln, doch da ist auch noch etwas anderes. Mein Blick wandert ihren makellosen Hals hinab zu ihrer Brust, die nur noch spärlich von etwas Stoff verdeckt wird. „Augen nach oben", ermahnt sie mich halbherzig und schnippt dabei mit dem Zeigefinger leicht gegen mein Kinn. Als sich unsere Blicke treffen, sind keinerlei Worte mehr nötig. Ein angenehmes Kribbeln wandert über meinen gesamten Körper, als ihre weichen Lippen auf die meinen treffen. Während der Kuss, der so unschuldig begann, immer intensiver wird, tänzeln ihre Finger meine Schultern hinab. Mühelos öffnet sie einen Hemdknopf nach dem anderen und streichelt über meinen Brustkorb. Mit einem einzigen Griff löse ich den lockeren Knoten, der den Gürtel des Morgenmantels zusammenhält. Eine Gänsehaut wandert über Ninas zarten Körper, als ich ihr das Kleidungsstück von den Schultern streiche. Nahezu geräuschlos sinkt der schwere Stoff an ihr herunter auf den Boden. Meine Hände erkunden neugierig jeden Zentimeter von ihr, massieren sanft ihre Brüste, bevor sie hinaufwandern zu ihrem Hals. Ich drehe ihren Kopf zur Seite und knabbere liebevoll an ihrem Ohrläppchen, bevor ich mit der Zungenspitze hinabfahre zum Schlüsselbein, auf das ich kleine Küsse hauche.

Als die Spitzen meiner Fangzähne über ihre Haut kratzen, stöhnt sie leise, was mich zum Lächeln bringt. Unsere Lippen finden erneut zusammen. Mit meinem Daumen streiche ich Ninas Wirbelsäule entlang, was sie erschaudern lässt. Sie keucht erschrocken auf, als ich sie am Hintern packe und hochhebe. Die Beine schlingt sie um meine Hüfte, die Arme sind fest um meinen Hals gelegt. Ich trage sie ins Schlafzimmer und werfe sie auf mein Bett, was ihr ein Kichern entlockt. Sofort richtet sie sich wieder auf, um den Gürtel aus meiner Hose zu nesteln. Ungeduldig streife ich meine restliche Kleidung ab und drücke Nina mit sanfter Gewalt rücklings auf die Matratze zurück. Ihre Fingernägel krallen sich tief in meine Schultern, während ich schwer atmend in sie eindringe. Unsere Körper bewegen sich im selben Rhythmus, während wir immer weiter auf den Höhepunkt zusteuern. Ihr Atem und Puls werden schneller, was mich nur noch weiter erregt. Plötzlich verlagert sie ihr Gewicht, dreht sich so, dass ich unter ihr liege. Mit meinen Händen auf ihrer Hüfte gebe ich den Takt und das Tempo an. Fast verliert Nina das Gleichgewicht, als ich mich auf einmal aufsetze, um mit meiner Zunge ihren Mund zu erkunden. Der glänzende Schweißfilm auf ihrer Haut verströmt einen herrlichen Duft, der mir fast die Sinne raubt. Ich kann mich kaum noch beherrschen.

„Ich möchte wissen, wie es sich anfühlt", keucht sie mir ins Ohr.

„Was?", frage ich.

Die Antwort auf die Frage kenne ich bereits, aber ich möchte sie dennoch von ihr hören.

„Beiß mich, Christian."

Da ich nicht sofort reagiere, lehnt sie sich ein Stück nach hinten, sodass sie mir direkt in die Augen sehen kann.

„Es ist in Ordnung", haucht sie mir auf die Lippen. Die leise Stimme in meinem Kopf, die mich vom Gegenteil überzeugen will, ignoriere ich. Die Lust, die ich in diesem Moment empfinde, ist zu intensiv. Ich gebe dem Verlangen nach und vergrabe meine Zähne tief in das zarte Fleisch zwischen Hals und Schultern. Ein spitzer Schrei entfährt Nina. Wollust paart sich mit Schmerz. Musik in meinen Ohren. Vorsichtig beginne ich zu saugen. In diesem Moment wird Nina von ihrem Höhepunkt übermannt. Sie legt den Kopf in den Nacken und ich spüre, wie jeder Muskel in ihrem Körper lustvoll zu zucken beginnt. Sie vergräbt ihre Hände in meinem Haar. Eine dünne Blutspur rinnt ihren Hals hinunter und tropft von ihrer steifen Brustwarze auf das Laken. Ein Anblick, der so erregend ist, dass ich mich nicht mehr zurückhalten kann. Stöhnend lasse ich mich in die Kissen fallen. Mein Körper erzittert unter dem befriedigenden Gefühl.

Erschöpft legt sie sich neben mich, bettet ihren Kopf auf meiner Brust und kuschelt sich eng an mich. Ich ziehe die Bettdecke über unsere nackten Körper, hauche ihr einen Kuss auf die Stirn und lausche ihren immer regelmäßiger werdenden Atemzügen. „Es tut mir leid wegen deiner Bettwäsche. Sie ist wohl hinüber", entschuldigt sie sich. Bedauernd blickt sie auf den hellen Seidenstoff, auf dem sich mehrere getrocknete Blutflecken befinden. Erst vor wenigen Minuten ist sie aus ihrem tiefen Schlaf erwacht. Ihre Aussprache klingt verwaschen. Der Regen prasselt leise vom wolkenverhangenen Himmel gegen die Fensterscheiben.

„Das macht nichts. Ich habe noch ein paar davon im Schrank", flüstere ich, das Gesicht zur Hälfte in ihrem Haar vergraben. Mit geschlossenen Augen atme ich ihren Duft ein.

„Stinke ich? Sollte ich vielleicht noch einmal schnell unter die Dusche springen?", erkundigt sie sich unsicher und macht Anstalten aufzustehen. „Nein. Du riechst gut. Nach Vanille", brumme ich und schlinge meinen Arm fester um ihren nackten Körper, sodass sie nicht entkommen kann. „Nach Vanille?", kichert sie leise. In kleinen Kreisen streicheln ihre Finger über meine Brust. „Jeder Mensch hat seinen eigenen Geruch. Manche riechen nach

Blumen, Holz oder dem Meer. Du riechst eben nach Vanille", erkläre ich ihr.

Sie hebt den Kopf ein wenig an, um mir einen Kuss auf die Nasenspitze zu geben. „Schmecke ich denn auch gut?", fragt sie neckisch. Unbewusst streicht sie dabei mit ihren Fingern vorsichtig über die Bisswunde. „Wie Zucker", antworte ich und küsse sie auf die Lippen. Es ist ein intensiver und langer Kuss. Atemlos legt Nina ihren Kopf wieder auf meinen Oberkörper. Ihre langen, schlanken Finger wandern meinen Bauch hinab. Spielerisch zupft sie an dem feinen Streifen dunkler Haare, der sich unterhalb meines Nabels befindet. „Christian, wie lange verweilst du bereits auf dieser Erde?", flüstert sie nach einigen Sekunden, ohne mich dabei anzusehen. Ich atme schwer aus. Irgendwann musste diese Frage ja mal kommen. Nina hat mir seit unserem ersten Treffen bereits einiges aus ihrer Vergangenheit erzählt, aber von mir im Gegenzug keine Informationen erhalten. „Seit über 600 Jahren", brumme ich. Unter meinen Händen spüre ich, wie sie sich für einen kurzen Moment versteift. „Ist Christian dein richtiger Name? Erzähl mir ein bisschen aus deiner Vergangenheit. Ich bin schon so lange neugierig, und ich lasse dich erst aus dem Bett, wenn du mir endlich ein paar Antworten gegeben hast."

Mit einem Schmunzeln lasse ich meine Finger durch ihre Haarsträhnen gleiten. Als ob sie mir etwas entgegensetzen könnte. Wenn ich nicht bei ihr sein wollte, würde ich einfach verschwinden.

Aber sie hat Glück. Ich bin gesprächsbereit, also erlaube ich ihr einen kleinen Einblick in meine Vergangenheit: „Der Name, mit dem ich getauft wurde, lautet Johannes. Im Jahr 1350 wurde ich als Vampir wiedergeboren. Ich war damals 31 Jahre alt. Ein bemerkenswertes Alter für diese Zeit möchte ich hinzufügen. Die Welt war damals von der Pest geplagt. Ganze Landstriche waren bereits vernichtet, und unzählige Menschenleben wurden gefordert. Leichenberge säumten die Straßen. Mit Pferdekarren wurden die Menschen aus den Städten und Dörfern gebracht, um namenlos in Massengräbern zu verschwinden. Es war ein düsteres Zeitalter, aber dennoch war ich zufrieden. Mein Heimatdorf lag weit entfernt von jeglicher Zivilisation und blieb daher lange von dieser Krankheit verschont. Mein Lebensunterhalt verdiente ich als Schmied. Meine Kunst war bei den Dorfbewohnern sehr angesehen, und so konnten meine Frau und ich gut davon leben.“

Ich schweige einen Moment, um Ninas Reaktion abzuwarten. Sie bleibt entspannt liegen. Für einen Augenblick hatte ich tatsächlich Angst. Die Information, dass ich einmal verheiratet war, könnte möglicherweise nicht besonders gut bei ihr ankommen. „Erzähl mir von deiner Frau. Ist sie auch ein Vampir?" Während sie spricht, tippt sie mir mit dem Zeigefinger auf die Brust.

Obwohl sie sich bemüht, unverfänglich zu klingen, kann ich hören, dass Unsicherheit in ihren Worten mitschwingt. Vielleicht plagt auch sie in diesem Moment eine leise Angst. Die Sorge, dass meine Frau immer noch ein Teil meines Lebens ist und jederzeit auftauchen könnte. Doch diese Furcht kann ich ihr nehmen. „Ihr Name war Marie. Sie war hübsch, aber vor allem klug", antworte ich ehrlich. Die heraufbeschworenen Erinnerungen versetzen mir einen schmerzhaften Stich ins Herz. Ich räuspere mich leise und versuche den Kloß in meinem Hals herunterzuschlucken, bevor ich weiterrede: „Sie war ein echter Wildfang, mit lockigem Haar, so rot wie die untergehende Abendsonne. Während ich tagsüber in der Schmiede arbeitete, kümmerte sie sich um Haus und Hof. Außerdem war sie sehr bewandert auf dem Gebiet der Kräuterkunde. Mit selbst hergestellten Tees, Salben und Medizin milderte sie die körperlichen Leiden der Dorfbewohner. Doch ihre gutgemeinten Taten wurden ihr zum Verhängnis. Als auch unser Dorf die ersten Pesttoten zu beklagen hatte, suchten die Menschen einen Sündenbock. Damals sah man hinter allem eine göttliche Botschaft. Die Pest war für die Menschen nicht einfach eine Krankheit. Sie war eine Strafe Gottes oder schlimmer noch, ein Anzeichen der herannahenden Apokalypse.

In ihren Augen hatte der fahle Reiter höchstselbst ihre Heimat aufgesucht und irgendjemand musste mit seinem sündhaften Verhalten dieses Unheil ja über sie gebracht haben. Eine Frau mit seltsamem medizinischem Wissen, die allein durch die Wälder wanderte, um Kräuter zu sammeln, kam ihnen da gerade recht. Zwei Tage hat es gedauert, bis das Dorf sein Urteil gefällt und meine Marie in einem Akt der Selbstjustiz erhängt hat." „Christian, du tust mir weh", reißt mich Nina aus meinen düsteren Gedanken. Erschrocken lockere ich den Griff meiner Hand, deren Fingernägel sich tief in Ninas Oberarm gekrallt haben. „Entschuldige", seufze ich und betrachte die roten Abdrücke, die ich im Zorn hinterlassen habe. „Alles in Ordnung. Sowas kann passieren, wenn alte Wunden aufgerissen werden. Es ist schrecklich, was dir damals passiert ist. Unvorstellbar, wie man mit so einem Verlust und dem Wissen um diese Tat weiterleben soll", entgegnet sie und verstärkt dabei den Druck ihrer Umarmung. Ihre Stimme klingt belegt, als würde sie gegen Tränen kämpfen.

„Ein Leben ohne Marie, inmitten ihrer Mörder, konnte ich mir auch nicht vorstellen. Ich war ein gebrochener Mann. Nachdem ich sie zu Grabe getragen hatte, wollte ich mir selbst das Leben nehmen. Es gab nichts mehr, was es für mich noch lebenswert machte. Ich ritt zur Küste, wollte meinen Körper der tosenden See übergeben. Doch als ich am Rand der Klippe stand, konnte ich mich nicht mehr rühren. Ich war zu feige, meinem Dasein selbst ein Ende zu setzen. Dann war da plötzlich dieser Mann. Michael nannte er sich, wie der Erzengel, der mit seinem flammenden Schwert die Menschen aus dem Paradies vertrieben hat. Er bot mir einen Handel an: Ein Leben, unabhängig von Tod, Hunger oder Krankheit, ausgestattet mit der Macht, all meine Träume wahr werden zu lassen. Dafür sollte ich ihm nur meine Treue und Ergebenheit schwören." In dieser Begegnung sah ich die Möglichkeit zur Rache. Ich würde all jene bestrafen, die mir das Liebste genommen und meine Existenz in einen wahren Albtraum verwandelt hatten. Ich willigte ein. Am sechsten Juni 1350 starb Johannes, der Schmied, damit in der darauffolgenden Nacht Christian, der Vampir, geboren werden konnte. An Michaels Seite löschte ich mein gesamtes Heimatdorf aus. Dem Blutrausch verfallen, unterschied ich nicht zwischen Mann, Frau oder Kind. Als die Sonne aufging, waren die Straßen blutbesudelt. In manchen Nächten kann ich ihre Schreie hören, aber dann erinnere ich mich daran, was sie getan haben, und es bleibt nur noch ein dumpfes Flüstern zurück. Michael und ich wanderten gemeinsam durch die Jahrzehnte und erkundeten die Welt. Frankreich, England, Russland – wir waren überall. Doch irgendwann spürte ich, dass Michael meiner überdrüssig wurde. Im Gegensatz zu ihm hatte ich nicht vor, alle Menschlichkeit über Bord zu werfen, und so trennten sich unsere Wege. Ich kehrte nach Deutschland zurück. Wohin es ihn zog, vermag ich nicht zu sagen." Plötzlich geht ein Ruck durch Ninas Körper, und sie setzt sich auf, die Bettdecke fest an ihre Brust gedrückt. „Habt ihr ... miteinander geschlafen?", bricht es aus ihr heraus. Mit undurchdringlicher Miene betrachtet sie mich, sucht in meinem Gesicht nach einer Antwort. Für einen Moment bin ich sprachlos. Das scheint sie mehr aus dem Konzept zu bringen als die Tatsache, dass ich ein ganzes Dorf dem Erdboden gleich gemacht habe. Mein Körper bebt heftig vor dem Lachen, das ich zu unterdrücken versuche. „Unsere Beziehung war rein platonischer Natur", erwidere ich in einem bemüht sachlichen Ton. Kurz macht es den Anschein, als würde sie mir das nicht so recht abkaufen, doch dann breitet sich ein erleichterter Ausdruck auf ihrem Gesicht aus. Schwungvoll drehe ich mich zu ihr und drücke sie nach unten, sodass sie zwischen mir und der Matratze liegt. Mit sanfter Gewalt drücke ich ihre Beine auseinander. „Was wird das?", kichert sie. Ein rötlicher Schimmer liegt auf ihren Wangen.

„Ich habe Hunger", raune ich. Die Hand um ihren Hals gelegt, wandere ich in sanften Küssen ihren Bauch entlang.

Ihr Körper erschaudert unter den Berührungen meiner Lippen, während ich zu den Innenseiten ihrer Schenkel hinabgleite. Kurz verharre ich in der Bewegung, bevor ich meine Zähne in das zarte, zuckende Fleisch schlage. Das süße Blut rinnt meine ausgetrocknete Kehle hinab. Stöhnend bäumt sich Nina auf, ihre Finger fest in meine Haare gekrallt. Ich verstärke den Druck in meiner Hand, drücke ihren Oberkörper zurück auf das Unterbett. Sie zieht scharf die Luft ein, als ich über die Einstichstellen der Fangzähne lecke. „Wollen wir doch mal sehen, ob du an anderen Stellen genauso gut schmeckst", grinse ich und fahre, den Blick auf ihren Schoß gerichtet, mit der Zunge genüsslich über meine Lippen.

Kapitel 6

HOHER BESUCH

Wie an jedem Freitagabend platzt das Rotkehlchen fast aus allen Nähten. Die Menschen wollen sich von den Strapazen der vergangenen Woche erholen und sich die Sorgen von der Seele tanzen oder sie in Alkohol ertränken. Während die Bässe aus den Boxen wummern und ein Getränk, nach dem anderen über den Tresen wandert, lasse ich meinen Blick über die Besuchermenge gleiten. Jacobs Warnung sitzt mir im Nacken. Wir müssen so schnell wie möglich Nachschub beschaffen, ansonsten geraten die Geschäfte ins Stocken. Normalerweise lassen wir uns Zeit bei der Auswahl unserer Blutbeutel, aber das ist ein Luxus, den wir uns momentan nicht leisten können. „Was hat der finstere Blick zu bedeuten?", frage ich Nina, die neben mir stehen geblieben ist. In den Händen hält sie ein Tablett, auf dem sich eine Flasche edlen Champagners samt Gläsern befindet. „Wir müssen wieder ernten. Die Lagerbestände sind aufgebraucht", antworte ich. „Aber ich habe noch nichts Passendes gefunden", erwidert Nina beiläufig und zupft mit einer Hand ihren weißen Tüllrock zurecht. „Darum kümmere ich mich dieses Mal. Ich sage dir Bescheid, wenn ich so weit bin. Wie geht es deinem Hals?", werfe ich ein und betrachte ihren Nacken, um den sich die Glieder einer Kette schlingen. Der daran befindliche Anhänger verschwindet im tiefen Ausschnitt ihres Spitzenkorsetts. Überrascht stelle ich fest, dass die Bisswunde bereits ohne mein Zutun verheilt ist. Vielleicht noch die letzten Nachwirkungen meines eigenen Blutes? „Alles ist schon wieder einwandfrei verheilt, ohne Spuren zu hinterlassen. Da wirst du wohl neue Markierungen setzen müssen", zwinkert sie mir mit einem schelmischen Grinsen zu, bevor sie zwischen den tanzenden Gästen verschwindet. Lächelnd sehe ich ihr nach. Plötzlich wird ihr das Tablett versehentlich von einem wild gestikulierenden Mann förmlich aus den Händen geschlagen. Zischend schließe ich die Augen in Erwartung, jeden Moment das klirrende Geräusch von zerbrechendem Glas zu vernehmen, doch es passiert nichts.

Vorsichtig öffne ich ein Auge. Mir bleibt fast die Spucke weg, als ich sehe, dass Nina die Servierplatte samt Inhalt wieder fest in den Händen hält. Nichts ist zerbrochen, kein einziger Tropfen verschüttet. Sie scheint selbst überrascht zu sein. Ungläubig starrt sie auf ihre Hände, bevor sie erleichtert ausatmet, während der Mann sich mehrfach überschwänglich bei ihr entschuldigt. Sonst ist sie immer so ein Tollpatsch. Manchmal habe ich Angst, dass sie mir barfuß im Stehen umknicken könnte, und jetzt legt sie so eine zirkusreife Nummer hin. Seltsam, diese Frau. Mir bleibt allerdings keine Zeit mehr, weiter darüber nachzudenken, als mir jemand von hinten auf die Schulter tippt. Ich drehe mich um und sehe in das angespannte Gesicht eines Türstehers.

„Boss, Sie haben Besuch. Eines der Barmädchen hat die Gäste bereits in Ihr Büro gebracht. Sie sollten sich beeilen." Mir gefällt der düstere Ton in seiner Stimme überhaupt nicht. Eilig marschiere ich an ihm vorbei direkt zu meinem Büro, das sich im Geschoss über der Diskothek befindet. Als ich die Tür zu dem funktional eingerichteten Raum öffne, wird mir auch sofort klar, warum mein Wachmann so angespannt ist. „Nox, was verschafft mir die Ehre?", begrüße ich meinen Gast, der es sich bereits in meinem Schreibtischstuhl gegenüber bequem gemacht hat. „Christian, wie ich sehe, läuft das Geschäft. Die

Konkurrenz schläft nicht, heißt es doch so schön. Ich wollte mir mal einen Eindruck von deinen Aktivitäten verschaffen", entgegnet mein Gegenüber. Ich lasse mich auf meinem Bürostuhl nieder.

„Und dazu brauchst du gleich zwei deiner Wachhunde?", hake ich skeptisch nach und betrachte mit hochgezogener Augenbraue die beiden Männer, die hinter Nox stehen. Sie tragen dunkle Anzüge mit Krawatten, und auf ihren Nasen sitzen trotz der nächtlichen Stunde schwarze Sonnenbrillen. Wie Zinnsoldaten stehen sie stramm und bewegungslos an der Seite ihres Bosses.

„Vorsicht ist die Mutter der Porzellankiste", antwortet Nox mit einem lässigen Schulterzucken. Mit den übereinander geschlagenen Beinen und der Brille, deren falsche Gläser nur zur oberen Hälfte in einen goldenen Rahmen gefasst sind, wirkt er wie ein Universitätsprofessor. „Als ob du von mir etwas zu befürchten hättest. Wenn du Fragen hast, dann stell sie ruhig", sage ich in entspanntem Ton. Ich stütze die Ellenbogen auf die Tischplatte und bette das Kinn auf meine zusammengefalteten Hände. Schweigend beobachte ich Nox dabei, wie er sich das Jackett seines beigefarbenen Anzuges zurechtzieht.„Ein Vögelchen hat mir gezwitschert, dass eines meiner Mädchen jetzt wohl für dich arbeitet", beginnt er zu erzählen. Ich kann mir ein trockenes Lachen nicht verkneifen.

„Daher weht also der Wind. Seit wann interessierst du dich denn so für einen einzelnen Menschen, Nox? Ich dachte, die sind für dich nicht mehr als Nahrungsquelle und billige Arbeitskraft", stichele ich. „Jetzt lässt du mich aber in einem schlechten Licht dastehen. So denke ich nicht über jeden Lebenden. Manche von ihnen sind tatsächlich etwas Besonderes", lacht er auf und streicht sich dabei einen Teil seiner blonden Haare zurück, die ihm auf einer Seite locker ins Gesicht fallen. Das, was er sagt, lässt mich hellhörig werden. „Und was genau macht den Rotschopf so besonders für dich?" Plötzlich öffnet sich geräuschvoll die Tür zu meinem Büro, und eine schwer atmende Nina kommt zum Vorschein. „Wenn man vom Teufel spricht", grinst Nox. In einer theatralischen Geste greift er sich an die Brust, als Nina stumm an ihm vorbeischreitet. „Wenn Blicke töten könnten, mein Herz, dann müsste ich auf der Stelle zu Staub zerfallen."

Seine scherzhaften Worte werden von ihr mit eisigem Schweigen quittiert. „Was machst du denn hier?", raune ich ihr zu, als sie sich neben mich stellt. „Unten zerreißt sich die Belegschaft das Maul darüber, dass der Fürst der Unterwelt hier aufgetaucht ist. Irgendwie habe ich das ungute Gefühl, dass das mit mir zu tun haben könnte", erklärt sie emotionslos, ohne den Blick dabei von meinen Besuchern abzuwenden.

„Wartet draußen", herrscht Nox plötzlich seine beiden Beschützer an, die daraufhin sofort auf dem Absatz kehrtmachen. Die Atmosphäre wird immer erdrückender.

„Eure feindselige Art verletzt mich ein wenig. Ich bin doch nur hier, um zu sehen, wie sich der Laden so macht. Nina, du weißt, du kannst jederzeit zu mir zurückkehren, wenn dir das Leben als Barflittchen zuwider wird", säuselt Nox in einem süßlichen Ton. „War's das dann? Wie du siehst, ist hier einiges los, und ich habe nicht die Zeit, mich in belanglosen Gesprächen zu verlieren", fahre ich ihm in die Parade. Schwungvoll erhebe ich mich, wobei mein Stuhl mit einem leisen Klappern nach hinten rollt. Langsam gehe ich an Nox vorbei, um ihm die Tür aufzuhalten. Doch noch bevor ich nach der Klinke greifen kann, erscheint er plötzlich direkt vor mir. Sein penetrantes Aftershave kitzelt unangenehm in meiner Nase. „Ich mag es nicht, wenn man sich in meine Angelegenheiten einmischt. Noch weniger kann ich es aber leiden, wenn man sich etwas zu Eigenes macht, das eigentlich mir gehört", zischt er zornig. Seine Augen sind zu Schlitzen verengt.

„Ich könnte genau das Gleiche sagen", flüstere ich, ohne dabei auch nur einen Zentimeter nach hinten zu weichen. Schweigend starren wir uns an. Wie zwei Raubtiere, die nur darauf warten, dass das Gegenüber einen Fehler macht.

„Schaltet mal einen Gang zurück. Ihr benehmt euch wie zwei Gorillas im Urwald", schiebt sich Nina plötzlich zwischen uns. Etwas an ihr scheint Nox' Aufmerksamkeit zu erregen. Seine Hand schnellt nach vorne, vergräbt sich in ihrem Haar und zieht ihren Kopf in seine Richtung. Sein Gesicht schwebt nur wenige Millimeter über ihrem, während er einen tiefen Atemzug nimmt. „Lässt du diesen niederen Abschaum etwa von dir trinken? Ich dachte, du wolltest nicht in die Fußstapfen deiner Mutter treten?", knurrt er angewidert, was Nina nur verächtlich lachen lässt. „Ich wüsste nicht, was dich das angeht. Soweit ich weiß, habe ich keinen Vertrag unterschrieben, der mich zu deinem Eigentum macht." Völlig angstfrei hält Nina dem starren Blick des Vampirs stand, der keine Anstalten macht, sie freizugeben. Meine Augen huschen zwischen den beiden hin und her. Der Ausdruck in Nox' Gesicht ist nicht der eines verschmähten Liebhabers oder betrogenen Geschäftspartners. In diesem Moment erinnere ich mich an ein Ereignis aus meiner menschlichen Vergangenheit. Marie und ich waren damals noch keine Eheleute, hatten aber bereits Gefühle füreinander entwickelt. Heimlich liebten wir uns auf einem Schober, versteckt im Heu. Als ihr Vater uns in flagranti erwischte, sah er sie genauso an, wie Nox jetzt Nina. Entschieden greife ich nach Nox' Arm, umklammere sein Handgelenk mit festem Griff.

Meine Lippen sind ganz nah an seinem Ohr, als ich ihm zuraune: „Lass sie sofort los, oder ich breche dir deinen Arm, als wäre er ein beschissenes Streichholz." „Was war das denn?", haucht Nina verwirrt, nachdem unser ungebetener Gast wortlos das Zimmer verlassen hat. Begleitet von ihren Blicken lasse ich mich schwer auf einen der Sessel fallen. „Keine Ahnung. Sag mal, deine Mutter … kannte sie Nox schon vor deiner Geburt?" „Soweit ich mich erinnern kann, war er immer einer ihrer Kunden. Ich weiß nicht, wann sie sich kennengelernt haben. Wieso fragst du?" Langsam kommt sie auf mich zu.

„Nur so." Mit Daumen und Zeigefinger massiere ich mir die Stelle zwischen meinen Augen. „Hast du etwa Kopfschmerzen?", erkundigt sich Nina. Mit ihrem Knie drückt sie meine Beine auseinander, sodass sie sich zwischen meine Schenkel schieben kann. Sie nimmt meinen Kopf in ihre Hände und beginnt damit, die Daumen mit sanftem Druck über meine Schläfen kreisen zu lassen. Ich lege meine Hände auf die ihren und sehe zu ihr hinauf. Kurz überlege ich, ob ich sie mit meinem Verdacht konfrontieren soll, verwerfe diesen Gedanken aber gleich wieder. Jetzt ist nicht der richtige Zeitpunkt, um über so etwas zu sprechen. „Ab jetzt müssen wir noch vorsichtiger sein. Nox wird nur darauf warten, dass wir einen Fehler machen", brumme ich, die Stirn an ihren Bauch gelehnt.

„Hunde, die bellen, beißen nicht", zitiert Nina, woraufhin ich leise lachen muss. „Nox ist kein Hund, und diese Weisheit trifft nicht auf jeden zu. Du siehst die Dinge mal wieder etwas zu locker." Bevor ich weitersprechen kann, legt Nina mir einen Finger auf die Lippen und schüttelt den Kopf. Ein Zeichen, dass ihr nicht der Sinn nach Diskussionen steht. Meine Hände streicheln über die Rückseite ihrer Beine nach oben, bis sie unter dem Tüllstoff des Rockes verschwinden. Als ich ihren Hintern erreiche, verharre ich in der Bewegung und sehe überrascht zu ihr hoch. „Da habe ich wohl vergessen, mir Unterwäsche anzuziehen", lächelt sie süffisant. Bevor meine Finger weiterwandern können, greift Nina nach meinen Armen und drückt sie auf die Lehnen des Sessels. „Ein bisschen unfair finde ich das ja schon, Christian. Du darfst die Zähne in mich schlagen und von mir trinken, aber ich durfte bisher noch nicht in diesen Genuss kommen", tadelt sie mich spielerisch. „Ich weiß nicht, wovon du sprichst", lüge ich. Schweigend geht Nina vor mir auf die Knie und öffnet mit geschickten Handgriffen meine Hose.

„Warte ... oh Gott." Noch bevor ich meine Widerworte aussprechen kann, greift Nina nach meinem
hart gewordenen Glied und leckt mit der Zunge
über dessen Spitze. Scharf ziehe ich die Luft ein, als
sie es mit ihren Lippen umschließt und zu saugen
beginnt. Ich bin kurz davor, meinen Verstand zu
verlieren, doch dann lässt sie von mir ab. Ihr Mund
trifft auf meinen, als sie sich auf meinen Schoß setzt.
„Du schmeckst fantastisch", flüstert sie mir ins Ohr.
Eine Gänsehaut wandert über meinen gesamten
Körper. Während sich ihre Hüften langsam auf und
ab bewegt, greife ich mit beiden Händen an ihren
Hintern und drücke sie noch ein Stück weiter nach
unten, presse sie fester an mich. Mit kleinen Küssen
bedecke ich ihr Schlüsselbein. Immer schneller werden ihre Bewegungen, bevor ihr Leib unter einem
lustvollen Stöhnen zu zittern beginnt und auch ich
mich nicht mehr zurückhalten kann. Eng um-
schlungen bleiben wir für einen Moment in unseren
Positionen, bevor wir uns schwer atmend voneinander lösen. „Jetzt müssen wir aber wirklich wieder zurück. Ich bin mir sicher, dass wir schon vermisst werden", sage ich leise, woraufhin Nina nur
unzufrieden brummt. Keine zwei Stunden später
habe ich eine Entscheidung getroffen und mit einem Fingerzeig in Ninas Richtung das Leben eines
männlichen Gastes für beendet erklärt. Wie mit
Nina vereinbart, warte ich an unserem üblichen

Treffpunkt auf ihre Lieferung. Im Keller des Bestattungsunternehmens, das wie ein lauerndes Ungeheuer in meinem Rücken liegt, bereitet Jacob bereits alles für die Blutentnahme vor.

Der Unglücksrabe, der es heute auf unsere Abschussliste geschafft hat, ist mir bereits vor einigen Tagen ins Auge gesprungen. Ich habe mich etwas umgehört und erfahren, dass der Typ in jungen Jahren an reichlich Kohle gekommen ist, die er in rasender Geschwindigkeit für teure Luxusgüter und billige Mädchen verprasst hat. Jetzt muss er sich mit schlecht bezahlten Gelegenheitsjobs über Wasser halten, in denen er es nie länger als ein paar Wochen aushält. Vom Tellerwäscher zum Millionär und wieder zurück. Eine traurige Geschichte, die sich in den Straßen der Städte nur allzu oft wiederholt. Ich gehe einige Schritte auf den Wagen zu, der langsam über den knirschenden Kies auf mich zukommt. Die Scheinwerfer blenden mich, weswegen ich meine Augen mit einer Hand abschirme. „Alles gut gelaufen?", rufe ich Nina zu, die gerade aus dem Wagen steigt. Ich muss schmunzeln, als mein Blick auf ihre Füße fällt. Vor einigen Stunden noch steckten diese in schwarz glänzenden Pumps, die nun lässigen Turnschuhen weichen mussten. Es ist also doch noch nicht alle Hoffnung bei diesem Sturkopf verloren. „Also Christian …", beginnt Nina mit einem verstohlenen Blick in Richtung Kofferraum zu stammeln. Ihr Verhalten bereitet mir Bauchschmerzen. Sie traut sich nicht, ihren Satz zu beenden, sondern starrt betreten zu Boden, während ich um das Auto herumgehe.

Es klickt leise, als ich die Heckklappe öffne, die daraufhin langsam nach oben gleitet. Mit starrer Miene sehe ich hinunter auf die Leiche, die im Inneren des Kofferraums zum Vorschein kommt. Einige stille Augenblicke vergehen, bevor ich die Tür mit einem lauten Knall wieder verschließe.

„Was zum Teufel hast du angerichtet, Nina? Wieso liegen da zwei Leichen im Kofferraum?", will ich von ihr wissen. Nervös kaut sie auf ihrer Unterlippe herum. „Ich kann das erklären", antwortet sie. „Na dann erzähl mal. Ich bin schon ganz gespannt", entgegne ich. Die Abwesenheit jeglicher Emotionen in meiner Stimme scheint Nina nur noch nervöser zu machen.

Kapitel 7

DER TAG, AN DEM ICH STARB

- MAXIMILIAN KNAAB,
ERMITTLER DER DROGENFAHNDUNG -

Konzentriert blicke ich zum Eingang der Seitenstraße, in die die rothaarige Frau soeben verschwunden ist. Ich verfolge sie, seitdem sie überstürzt die Diskothek verlassen hat. Bei meinem Undercover-Einsatz im Club ist sie mir sofort ins Auge gesprungen. Nach fünf Jahren in der Drogenermittlung spürt man, wenn Menschen etwas zu verbergen haben. Es sieht so aus, als ob sie einem der Gäste folgt, der kurz vor ihr den Ort verlassen hat. Was hat sie vor?

Vielleicht haben sie sich zuvor verabredet, um jetzt in einer abgelegenen Ecke Drogen gegen Geld auszutauschen. Auf jeden Fall scheint in diesem Etablissement namens „Rotkehlchen" etwas nicht mit rechten Dingen zuzugehen. Ich brauche nur einen handfesten Beweis, und dabei wird mir die kleine Rothaarige helfen, ob sie es will oder nicht. Wachsam blicke ich mich um, bevor ich die Straßenseite wechsle. Mit dem Rücken lehne ich mich an die Wand, bevor ich vorsichtig um die Ecke spähe. Bedauerlicherweise versperren einige Müllcontainer meine Sicht, sodass ich, ohne meine Deckung aufzugeben, nichts erkennen kann. Der Asphalt unter meinen Füßen ist nass vom Regen, der den Schmutz von den Straßen gespült hat. In der Luft liegt der Geruch von Abgasen und verdorbenen Lebensmitteln. Kurz überlege ich, die Überwachung der Kellnerin für heute abzubrechen, doch dann fängt ein seltsames Geräusch meine Aufmerksamkeit ein. Für einen Moment klang es wie der unterdrückte Schrei eines Mannes, doch jetzt kehrt die Stille zurück. Konzentriert lausche ich in die Nacht, bis erneut eigenartige Geräusche in mein Ohr dringen. Es hört sich an, als würden zwei Menschen kämpfen. Ohne weiter darüber nachzudenken, verlasse ich den Schutz des Hausdachs und bewege mich hinter einen der Müllcontainer, während ich meine Dienstwaffe fest in beiden Händen halte.

Ich lehne mich nach vorne, um seitlich am Container vorbeizuschauen. Die Bedienung aus dem Rotkehlchen liegt auf dem Boden. Um ihren Hals schlingen sich die prankenartigen Hände des Mannes, der bis vor wenigen Minuten noch einer ihrer zahlenden Kunden war. Sie tritt heftig mit den Füßen aus und wehrt sich mit aller Kraft gegen den Mann, der über ihr kniet. Auf irgendeine Weise schafft sie es, mit ihrem Ellenbogen einen Schlag in sein Gesicht zu setzen, woraufhin er laut aufheult und von ihr ablässt. Plötzlich ist sie diejenige, die die Oberhand gewonnen hat. Innerhalb eines Augenblicks tauschen die beiden ihre Positionen. Ein ekelerregendes Geräusch erklingt, als die Frau den Hinterkopf des Mannes auf den Asphalt schlagen lässt. „Beweg dich nicht! Hände hoch, sodass ich sie sehen kann!", rufe ich laut, als ich aus meiner Deckung trete. Mit dem Lauf der Waffe auf den Rücken der Frau gerichtet, nähere ich mich vorsichtig. „Hände nach oben", wiederhole ich, als sie keine Anstalten macht, meinem Befehl zu folgen. Mit ihrem Oberkörper verdeckt sie größtenteils den Mann, der regungslos unter ihr liegt. Nur seine Beine sind zu sehen, kerzengerade von sich gestreckt. Plötzlich durchzuckt ein Ruck den Körper der rothaarigen Barfrau. Sie beugt sich leicht nach vorne und greift nach dem Kopf des Kerls. In einer fließenden, schnellen Bewegung bricht sie ihm das Genick.

Es ist nur ein kurzes Knacken, das den leisen Tod des Mannes verkündet. Wie kann jemand mit einer so zierlichen Statur ein Genick brechen, als wäre es nur ein dünner Zweig? „Was haben Sie getan? Stehen Sie auf. Ganz langsam, sodass ich jede Bewegung sehen kann", fordere ich sie erneut auf. Die Mündung meiner Pistole ist nur noch wenige Zentimeter von ihrem Hinterkopf entfernt. Einige Sekunden lang bleibt sie regungslos, bevor sich ihr Kopf langsam nach hinten dreht, fast wie in Zeitlupe. Der unheilvolle Blick, den sie mir über ihre Schulter zuwirft, lässt mir das Blut in den Adern gefrieren. In ihrem Gesicht ist nichts mehr von der freundlichen Bedienung zu erkennen, die noch vor wenigen Stunden lächelnd Getränke ausgeschenkt hat. Sie wirkt wie ausgewechselt, als hätte etwas abgrundtief Böses die Kontrolle übernommen. Ich kann nicht so schnell reagieren, wie sie mir die Waffe aus der Hand schlägt. Bevor ich es begreife, drückt sie mich mit ihrem gesamten Gewicht gegen die nächste Wand. Der Aufprall ist so heftig, dass es mir die Luft aus den Lungen drückt. Erschrocken ringe ich nach Atem. Woher nimmt sie diese Kraft? Es ist mir unerklärlich, wie ein Mensch so beängstigend schnell sein kann. „Wer sind Sie?", fragt sie mit eisigem Ton. Sie presst ihren Unterarm so fest gegen meine Kehle, dass es mir schwerfällt zu atmen.

„Ich bin Ermittler der Drogenfahndung. Lassen Sie mich los, dann können wir reden. Ich helfe Ihnen dabei, einer Anklage wegen Mordes zu entgehen", bringe ich angestrengt hervor. Ein Lächeln umspielt ihre dunkelrot geschminkten Lippen. „Ein korrupter Bulle? Ihre Hilfe bieten Sie sicher nicht aus reiner Nächstenliebe an. Was wollen Sie?", entgegnet sie, ohne dabei auch nur einen Millimeter von mir abzurücken. „Ich bin kein korrupter Bulle. Ein anonymer Informant hat uns darauf aufmerksam gemacht, dass in Ihrem Club illegal mit Substanzen gehandelt wird. Ich will der Sache auf den Grund gehen, habe aber noch nicht genug Beweise, um diese Behauptungen zu stützen. Helfen Sie mir, Beweise zu finden, und ich helfe Ihnen, heil aus dieser Angelegenheit mit dem Toten herauszukommen", kontere ich und deute in Richtung des Leichnams. Ihre Augen huschen kurz zur Leiche, bevor sie mich wieder mit ihrem kalten Blick fixiert. Es ist deutlich zu sehen, dass ein solcher Deal zwischen uns unwahrscheinlich ist. Unbewusst schiele ich zu meiner Waffe, die direkt neben ihrem Fuß am Boden liegt. „Oh, ist dir dein Spielzeug heruntergefallen? Warte, ich hebe es schnell für dich auf", säuselt sie mir zu, als wäre ich ein kleines Kind, dem sein

Kuscheltier heruntergefallen ist. Als sie sich herunterbeugt, sehe ich meine Chance zum Angriff.

Doch noch bevor ein einziger meiner Muskeln zuckt, schnappt sie sich die Waffe und setzt sie an. Das Letzte, was ich spüre, ist die unangenehme Kälte des Metalls, das schmerzhaft von unten gegen meinen Kiefer drückt. Als ihr Finger den Abzug betätigt, zerreißt der laute Knall des abgefeuerten Schusses mein Trommelfell. Das Projektil bohrt sich durch Haut, Knochen und Sehnen, zerfetzt meinen Hirnstamm, bevor es aus meiner Schädeldecke wieder austritt. Meine Beine knicken ein, und wie ein nasser Sack falle ich zu Boden. Dumpf schlägt mein Körper auf der harten Oberfläche auf. Bevor alles um mich herum vollständig in einer endlosen Dunkelheit versinkt, sehe ich ihr Gesicht. Ein Sprühnebel aus Blut hat sich in hauchfeinen Tropfen auf ihrer blassen Haut niedergelassen. Sie leckt mit der Zunge über ihre blutbesudelten Lippen. Die Farbe ihrer Augen verändert sich. Wie glühende Kohlestücke leuchten sie für den Bruchteil einer Sekunde in einem hellen Rot auf. Dann wird alles schwarz, und meine Welt verstummt für immer.

Kapitel 8

DER ANFANG VOM ENDE

„Christian, ich schwöre dir, ich kann mich wirklich an kaum etwas erinnern. Es ist, als wäre da ein undurchdringlicher Nebel in meinem Kopf. Ich weiß nur, dass alles, was du dir aufgebaut hast, in Gefahr war und ich handeln musste. Der Typ hätte nicht aufgegeben, bis genug Beweise gegen dich vorlägen. Es war nötig und unvermeidbar, dass er stirbt." „Ok, beruhige dich jetzt erst einmal. Wir werden das schon regeln. Das Wichtigste ist jetzt, alle Spuren zu verwischen", rede ich leise auf Nina ein. Erneut öffne ich den Kofferraum und beuge mich über die Leichen. Mit flinken Fingern durchsuche ich die Taschen des toten Polizisten.

Zum Vorschein kommen seine Marke und ein zerknittertes Stück Papier. Hastig falte ich das Blatt auseinander und lese die wenigen Sätze, die handschriftlich darauf verfasst wurden. Das Auto erzittert, als meine Faust mit voller Wucht dagegenschlägt. „Was ist?", erkundigt sich Nina, die vor Schreck zusammenzuckt.

„Das war Nox. Ihm haben wir den Besuch dieses Bullen zu verdanken. Der Bastard hat einen Hinweis an die Polizei geschickt. Wenn ich ihn das nächste Mal sehe, dann reiße ich ihm das verdorbene Herz aus der Brust", knurre ich und wedele dabei mit der Notiz vor Ninas Nase herum. „Ich verfrachte die beiden toten Kerle jetzt in Jacobs Keller, dann fährst du nach Hause. Sobald ich hier fertig bin, komme ich nach", weise ich sie an. Erst jetzt fallen mir die winzigen Flecken auf, die in roten Sprenkeln über den Brustteil ihres Kleides verlaufen. „Die Kleidung, die du heute getragen hast, verbrennst du im Kamin." „Was? Hör mal, das Ding war unfassbar teuer und ich musste durch zig Läden stiefeln, bis ich endlich fündig geworden bin", schmollt sie und legt dabei die Arme um sich, als würde sie das Kleidungsstück so beschützen wollen. „Nina, wir haben jetzt keine Zeit für Diskussionen. Verbrenn das Scheißteil, oder ich tue es", seufze ich genervt, woraufhin sie sich bockig auf den Fahrersitz ihres Autos fallen lässt.

„Modebanause", schimpft sie vor sich hin, während ich die toten Körper aus dem Wagen hieve und zu Jacob bringe. Der kommt aus dem Fluchen gar nicht mehr heraus, als ich ihm erzähle, dass es sich bei einer der Leichen um einen Polizisten handelt. „Jetzt halt mal die Luft an. Es ist eh zu spät, der Typ ist mausetot. Lass uns das Beste aus der Situation machen. Mach die beiden leer und dann ab mit ihnen in die Flammen. Ich lasse das da, verbrenn es, vergab es, mir egal, was du machst. Hauptsache, man kann es nicht mehr finden", unterbreche ich seine Schimpftirade und pfeffere die Dienstmarke des ermordeten Polizisten auf eine der Edelstahlbahren. Jacobs Verwünschungen im Ohr verlasse ich das Bestattungsinstitut und mache mich auf den Heimweg zu Nina. Sie schläft schon tief und fest, als ich auf leisen Sohlen das Schlafzimmer betrete. Langsam gleite ich unter die Bettdecke, schlinge den Arm um sie und ziehe sie näher an mich heran. Ich atme tief ein, als ich meine Nase in ihr Haar drücke. Ihr Duft hat sich verändert. In das angenehme Vanillearoma hat sich etwas anderes gemischt. Eine feine Note nur, nicht mehr als eine Nuance. Kaum zu bemerken, aber dennoch ist er da. Der Geruch von Blut und Tod. Die nächsten Tage vergehen ruhig und ereignislos. Weder in den Nachrichten noch in den Zeitungen wird vom Verschwinden eines Polizeibeamten berichtet.

Bedauerlicherweise nur die Ruhe vor dem Sturm, wie sich herausstellt. Es ist früher Abend, im Club laufen die letzten Vorbereitungen vor der Öffnung, als zwei Männer das Rotkehlchen betreten. Man sieht ihnen eindeutig an, dass es Polizisten sind. Sie erkundigen sich bei mir, ob ich von einem Kollegen wüsste, der am letzten Wochenende hier unterwegs war. Ich verneine mit tiefstem Bedauern und erlaube ihnen bereitwillig, mein Personal diesbezüglich zu befragen. Ohne einen Hinweis in der Tasche verlassen sie nach einer Stunde mit hängenden Köpfen meinen Laden. In den kommenden Wochen werden wir sehr vorsichtig sein müssen.

Jeder noch so kleine Fehltritt könnte uns ab jetzt zum Verhängnis werden. Als ich in den frühen Morgenstunden allein zu Hause ankomme – Nina ist noch im Rotkehlchen geblieben, um mit ihren Kollegen auf den Feierabend anzustoßen – entdecke ich ein dickes, braunes Kuvert in meinem Briefkasten. Neugierig suche ich nach einem Absender, doch neben meiner eigenen Anschrift stehen nur die Worte „Für einen sehr alten Freund“ auf dem Umschlag. Ich mache es mir auf meinem Sofa gemütlich und öffne die geheimnisvolle Postsendung. Zum Vorschein kommt ein Stapel Fotos. Manche von ihnen sind schwarz-weiß, andere farbig. Ihre Gemeinsamkeit liegt im Motiv: Es ist immer die gleiche Frau zu sehen.

Mal ist das rote Haar lang und lockig, mal zu einem Bob geschnitten. An ihrer Kleidung kann man das Jahrzehnt ausmachen, in dem das Foto geschossen wurde. Mit zitternden Fingern drehe ich die einzelnen Fotografien um. Es steht immer derselbe Name auf der Rückseite, nur die Jahreszahlen unterscheiden sich. „Marie 1870,„, "Marie 1912,„, "Marie 1985". „Das kann nicht sein", flüstere ich ungläubig, den Blick starr auf die ausgebreiteten Bilder vor mir gerichtet. Mit der Fingerspitze fahre ich über das Gesicht, das so strahlend in die Kamera lacht. Die Frau auf den Fotos dürfte schon seit Jahrhunderten nicht mehr am Leben sein. Ich selbst habe sie sterben sehen – erhängt am Ast eines Baumes im Jahr 1350.

Ende ...

... oder erst der Anfang?